新米パパの双子ごはん

遠藤 遼

STARTS
スターツ出版株式会社

「パパ！」

俺にそう叫んだあの女の子の顔を、俺は一生忘れないだろう。

ある日突然、俺たち兄弟は、結婚や妊娠や出産などをすっ飛ばして、いきなり四歳の双子のパパになった。娘は「バカ、きらい！」とか言ってくるし、息子は「おなかすいた」と泣き出すし……どうしたらいいんだよ？

けれども、最初に俺をパパと叫んだときの顔が——きらきら光る瞳の奥に隠した、頼りなくて、儚げで、いまにも泣き出しそうな気持ち、ぜんぶを込めてスーツの俺にしがみついたあの顔が、俺の身体だけでなく、心まで握りしめている。

これから話すのは、双子の成長物語……ではない。

双子たちと一緒に、泣いて、笑って、走り回って、ご飯を食べて、少しずつ一緒に成長していく、新米パパたちの成長物語——。

目次

新米パパの双子ごはん

プロローグ

昼食を食べて一時間もしないうちに、営業の奥崎拓斗《おくざきたくと》はプレゼンの準備よりも睡魔との戦いに必死だった。拓斗の席は西側。傾いてきた日の光にほどよく温められるのだから仕方がないと心の中で言い訳する。

拓斗は先ほどからフォルダを開けたり閉じたり繰り返して、マウスはさっきから意味のない動きをしていた。あくびを噛み殺し、明日の大手コンビニ惣菜部の商品企画会議用の資料を作らなければいけないのだが、脳は真っ白だ。眠気でぼんやりしているのをごまかそうと、いつもより逆に目に力を込めている。顔立ちそのものは悪くない。すらりとした眉にまつげの長い目。外回りのせいで肌は健康的な色をしていて、開豁《かいかつ》そうな印象を与えるのだが、真面目な表情をするとどこか違和感がある、そんな男だった。

いまは上着を脱いで、ストライプの入ったワイシャツの腕をまくり、赤いネクタイも緩めている。腕時計は海外ブランドの機械式で、ストレートチップの磨き込まれた革靴を履いていた。これで、ネクタイをきちんと締め直して、脱いでいるクラシカルなシルエットの背広を羽織り、黙っていればエリート社員という感じなのだが……。

「やっべ、マジ眠《ねみ》ぃ」

冷たくなったコーヒーを啜《すす》っても、茶色の髪を乱暴にかいても眠いものは眠い。拓斗の勤める『日《ひ》の出食品《でしょくひん》産業』は国内屈指の大手食品卸会社。主に冷凍食品を扱っている。人数が多いからひとりくらい寝ててもバレはしない……。

隣の席と共有の電話が鳴った。受付からの内線だ。

いつもなら隣の戸塚《とつか》が取ってくれるのだが、あいにく外回りに出ている。使えない奴だよなと思う。戸塚は拓斗の一歳年下。口のうまい軽い男で、後輩のくせに「奥崎さんには負けますよ」とか言うので電話番にしているのだが。

拓斗は仕方なく受話器に手を伸ばした。

「はーい。営業二課、奥崎が取りました」

『こちら受付の坂井《さかい》です』と、きれいなソプラノが耳に響いた。

拓斗は少しだけ目が覚めた。いまの時間の受付は坂井だったか。高卒で就職して二年目。ショートヘアのかわいい女の子だ。まだまだ世間ズレしていないところがいい。戸塚とふたりで近いうちに食事に誘いたいと言い合っている。

「はい、お疲れさまです」と拓斗は声のトーンをよそ行きにした。

『お疲れさまでございます。いま受付に、その……奥崎さん宛てで、お客さまがいらしてて……』

坂井にしては珍しくつっかえつっかえの電話だった。いつもよどみなく流れるようにしゃべるきれいな声が特徴なのに。ひょっとして俺宛ての電話で意識しちゃったのかなと一瞬思ったが、来年三十歳でその発想はおめでたすぎるのでやめた。

となれば、考えられるのは妙なクレーマーか、学生時代の同期を名乗っての保険の売り込みか。いずれにしても面倒な相手なのだろう。相手が目の前にいるせいか、坂井の声が小さかったし。

面倒な相手は拓斗にも面倒なのだが、坂井に追い返してもらうのも悪い。眠気覚ましに合法的に受付まで歩けるのだから、まあいいか。

「そうですか。分かりました」

と言って内線を切った。立ち上がってあくびをしながらホワイトボードに『来客』と書いてフロアを出る。まさかこれが、自分の運命を大きく変えてしまう出来事であるとは気づきもせずに……。

一階は、商談で訪れる客がひっきりなしに出入りしている。ざっと見渡して、拓斗の知っている顔はなかった。おかしいなと思いながら受付に歩いていくと、坂井が拓斗に気づいた。明らかに困惑した顔で「奥崎さん」と拓斗を呼んでいる。

その瞬間だった。

受付の陰からリュックサックが飛び出した。

「パパ！」

リュックサックが口を利いた、と思ったら、大きなリュックサックを背負った幼女だった。

年齢は幼稚園児くらい。右側の髪をゴムで結んだ幼女が拓斗を目指して飛び出してきたのだ。

見ず知らずの幼女による不意打ちだった。

鍛えていない腹筋に重い一撃を食らって、拓斗は尻もちをつく。

「痛《いて》ぇ……って、何だ⁉」

顔を上げた見知らぬ幼女は拓斗の腹を踏み台にして、拓斗の首根っこに飛びついた。

「パパぁ！」

繰り返された幼女の元気な声がフロアに響く。受付も来客も、みな拓斗の方を凝視《ぎょうし》していた。

「ち、違う！」

倒れたままの拓斗が反射的にそう言うと、幼女が顔を上げた。

そのとき、初めて拓斗は幼女の顔をしっかり見た。

かわいらしい顔をしていた。いちばん印象的だったのは眉だった。やや垂れていて、泣き出しそうにも見える。女性なら保護欲求をかき立てられるのかもしれない。目は大きくて二重。肌は見るからにきれいで頬が柔らかそうだ。まつげが長いのが人形のようだった。それをいえば鼻もぷっくりした唇も、拓斗からしてみれば同じ人間とは思えないほど小さく、こちらも人形のようだった。

だが……初対面だ。

どう対応していいか迷っていると、かわいい幼女の顔の瞳に、透明な液体がたまる。

まさか、と思ったときには遅かった。

「うわあああああんっ!! パパなのに、パパなのにぃ〜!!」

耳がきーんとした。周囲の白い目が痛い。そして、幼女とはいえ重い。

「えっと……誰?」

何とか幼女を抱えて拓斗は上半身を起こしたが、幼女は泣きやむどころか、ますますヒートアップ。とうとう小さな拳で拓斗の胸元を叩き始めた。

「パパのバカぁぁ!!」

「マジかよ!?」

勘弁してくれ。泣きたいのはこっちだよ。

来客のみなさまが遠巻きにしながらも話しかけないで次々と会社に入っていく。受付の坂井がどこかに深刻な顔で電話していた。

時間は少しだけ巻き戻って、拓斗が受付からの内線を取った頃――。

私立『東京立志大学《とうきょうりっし》』の大教室で、奥崎拓斗の二歳下の弟・奥崎海翔《かいと》は大学一年生相手に『源氏物語《げんじものがたり》』の講義をしていた。メガネを直しながら、テキストの解説を進めていく。色白で細身ながら姿勢が良く、顔立ちも端正で、いかにも知的な雰囲気が漂っていた。白いシャツと紺のカーディガンがとても似合っている。

「このとき、光源氏がどのような行動をとったかというと――」

マイクで声を大きくしているものの、海翔の声は小さかった。拓斗の半分もない。マイクの恩恵にあずかれる大学の先生――現在、准教授――になれてよかったと海翔は常々思っていた。しかし、春先の午後一の授業で海翔のウィスパーボイスは安眠への誘いでしかない。必修科目のため大教室の半分程度の席を学生が埋めているが、その半数――その多くは男子――は机に突っ伏していた。

海翔が『源氏物語』に出てくる歌をふたつ紹介したときだった。

教室前方、つまり海翔のそばのドアが静かに開いた。

「ん？」

マイクが海翔の疑問する声を拾う。起きて真面目に授業を聞いていた学生たちの視線がドアに集まった。

ゆっくり開いたドアの向こうから現れたのは、リュックサックを背負った小さな男の子だった。幼稚園児くらいの年齢か。眉がやさしげに下がっていて、泣き顔のように見えるのが特徴的だった。何だか守ってあげなければいけないような気持ちになる。目尻も下がっていて、黒目がちでまつげがたっぷり生えていた。いかにも子供らしい桃色の頬に小さな鼻と口。かすかに開いた口があどけない。

不安げに中をのぞき込む男の子のかわいさに、女子学生たちが黄色い声を上げた。その歓声に男の子がびくりとする。その反応がかわいくて、ますます学生たちは騒いだ。寝ていた学生たちも目を覚ましだす。

静かに、と一応注意して、海翔はその子に近づいてしゃがんだ。

大学関係者の子供か、近隣の子供が迷子になったのか。

「きみはどこから来たのですか？」

海翔が目線を合わせて質問すると、男の子の目に涙が浮かんだ。

「パパ」

一拍おいて男の子は海翔にそう呼びかけ、ひしっと海翔に抱きついた。

「きゃ――――！」

「先生の子供ですか!?」

「かーわいー！」

「名前は何て言うんですか？」

学生たちは大騒ぎである。その学生たちには何も答えず、眉をひそめた海翔はその男の子に質問した。

「えっと。どちらさまで？」

幼女に何とか泣きやんでもらった拓斗は、受付フロアの片隅で幼女から事情聴取を試みていた。

「あー、名前は何て言うの？」

「…………」

「どこから来たの？」

「…………」

幼女はすねた表情で目を合わさない。ムカつく。しかし、ここは我慢我慢……。

拓斗は精一杯の愛想笑いを作った。がんばれ、俺。俺は営業マン。

「えーっと。俺のことをパパとか呼んでたけど、本当のパパとママはどこにいるのかなー？」

幼女は拓斗を睨《にら》んだ。

「パパはパパでしょっ。パパのバカ」

また、つーんと横を向いてしまう幼女。かわいくねえ……。拓斗はかちんときた。

「おい、おまえ！　人が下手《したて》に出りゃいい気になりやがって。名前くらい言ったらどうなんだ!?」

心配そうな顔の坂井が「あの、奥崎さん、子供相手に大きな声は……」となだめる。

拓斗はますますいらいらしてきた。

そのとき幼女がつぶやいた。

「なまえ……」

「あ?」

拓斗が聞き返すと、幼女が拓斗をきりりと睨んで指さした。

「ひとになまえをきくときは、じぶんがなまえをさきにいうんだよ!」

「ぬぁ……っ」

正論を突きつけてきた。それにしても、「パパ」とか呼んだくせに俺の名前も知らないのかよ。そばで坂井が吹き出している。拓斗はめんどくさそうにしながら、もう一度、幼女に向き直った。

「俺は奥崎拓斗。おまえ、名前は?」

「ほしのこはる。おほしさまののはらに、こころのたいよう」

拓斗はちょっと感心した。

「お星さまの野原に心の太陽で、星野《ほしの》心陽《こはる》な?」

幼女——心陽が「うん」と頷いた。

「説明、上手じゃん」

拓斗が心陽の頭をぐしゃっと撫でる。途端に心陽の目がつり上がった。

「やめてよ」

「何だよ、照れてんのか？」

「やめてっていってるのっ」

心陽がさらに文句を追加しようとしたときだ。拓斗のスマートフォンが鳴った。相手を確認すると、「弟」——海翔からだった。

「もしもし。珍しいな。授業中じゃないのか？」

スマートフォンの向こうで海翔のぼそぼそする声が聞こえる。

『あ、兄さん。授業中だったけどそれどころじゃなくなりまして』

海翔がいつも通り丁寧にしゃべっていた。いつも通りということは、声も小さくて抑揚もなく、どこか人との間に壁を作っているような、ということだ。しかし、拓斗には海翔がどこか焦《あせ》っているような気がした。

「へえ？」

『どこから話せばいいか分からないのですが、結論的には僕に子供ができたようなのですが』

予期せぬ海翔の告白に、拓斗は天を仰いで長く長く息を吐く。

「奇遇だな。俺にもいま娘ができた」

電話の向こうで、がたっという音がした。

『びっくりしました』

およそ驚いているように聞こえない声が返ってきた。

「……ああ。本当だよ」

『あまりにも驚いたのでいまひっくり返って腰を打ちました』

と、平板《へいばん》に海翔が報告する。

「結構大変じゃねえか。大丈夫なのかよ」

『僕の方は大丈夫です』

と、答える海翔の後ろから「パパだいじょうぶ?」という小さな子供の高い声が聞こえた。

「いま子供の声が聞こえた。そっちも嘘じゃないみたいだな」

電話を続ける拓斗を、心陽が真剣に見つめている。

『兄さんこそ、嘘ってことはないですよね』

「嘘であってほしいけどね」と拓斗はうんざりしながら心陽を確認した。「星野心陽っていう、幼稚園児くらいの女の子だ」

『そうですか。僕の方は星野遥平《ようへい》くんという幼稚園児くらいの男の子です』

「あん？　海翔、いま何て言った？」

と拓斗が、海翔の方の子供の名前を聞き返したときだった。

不意に拓斗は誰かに肩を叩かれた。

「奥崎くん、ちょっといいかな」

振り返れば羽倉《はねくら》課長が立っている。担当は営業二課――要するに拓斗の上司だった。五十過ぎの白髪交じりの人物で比較的温厚なのだが、いまは笑顔のふりをして頬やこめかみがひくついている。すぐ後ろに坂井が立っていた。さっき坂井が電話していた相手は羽倉課長だったのか。

「えーっと。課長、何か――？」

「ふふふ。奥崎くんこそ、私に何か話があるのではないのかね？」

羽倉課長の笑顔が怖いのか、心陽が拓斗の背後に隠れた。拓斗のスーツの裾を掴んでいる心陽の手がとても小さい。

「えっと、特別、これと言ったことは」

「いやいやいや。ゆっくり話を聞くよ？　扶養《ふよう》家族が増えたときの手続きとか大事でしょ？」

妙に踏み込んでくる羽倉課長が、ちょっと煙たい。

「いえ……その……」

「受付は会社の顔だからね。あんまりこんなところで騒いじゃいけないじゃない?」

羽倉課長がひくつく笑顔のまま拓斗の肩を抱いてエレベーターに向かった。小さな心陽はびっくりした顔で固まっていたが、我に返ってリュックサックを背負い直す。

「パパ、まって」

「パパじゃねえ!」

閉まりかけのエレベーターに心陽も飛び込んだ。

営業二課のフロアの奥の会議室で、拓斗は羽倉課長からあれこれと詰問《きつもん》されたが、拓斗自身、何が起こっているか分からない。

「その子は、奥崎くんのお子さん、でいいのかい?」

「いいえ、違いますよ」と拓斗。

「パパ!」と心陽が拓斗を睨む。

一事《いちじ》が万事《ばんじ》この調子だった。おかげで羽倉課長は「奥崎くん、やはりきみは……」と疑ってくる始末。拓斗としては泣きたいのはこっちだと叫びたかったが、幼稚園児くらいの女の子が相手では分が悪い。

頭を何度もかきながら、拓斗は心陽の目を見て言った。

「じゃあ、心陽。ちょっと教えてくれ。おまえのママの名前は何て言うんだ?」

起死回生《きしかいせい》の質問のつもりだった。現に心陽はふっと目を逸《そ》らす。ほら見ろ、何かしら裏があるんだ、と追及しようとしたが、できなかった。羽倉課長が立ち上がると、拓斗を引っ張って会議室の外へ連れていったからだ。

「奥崎くん。きみは何て残酷な質問をするんだ」

「残酷って。当然じゃないすか。俺はあの子を知らない。あの子は俺をパパだとか言ってる。じゃあ、ママは誰よって話でしょ?」

「見なかったのか、あの子の悲しげな目を。今日のところはおまえの子供ということにしておいたらどうだ。落ち着けばいろいろ話してくれるかもしれない」

拓斗はうんざりする思いで開けたままのドアの向こうにいる心陽を見る。大人用の椅子に座った心陽が足をぷらぷらさせていた。

「……俺にはかわいげのない目に見えますけどね」

「何か言ったか?」

「いいえ。今日のところは連れて帰ります。ということで、今日はもう上がっていいですよね?」

この場を切り上げたい一心で適当に話を振ってみたのだが、意外なことに羽倉課長は認めてくれた。

「仕方ないだろう」

「明日のコンビニ惣菜部のプレゼン資料、課長にお願いしていいっすか」

と、ダメ元で図に乗ってみる。

「……やむを得ないな。今回だけだぞ」

「あざーっす」

ちょっとだけ心陽に感謝した。

会議室に心陽を待たせて帰りの支度をする。課長に簡単な引き継ぎをして鞄を持つだけだから簡単だ。耳の早い同僚からは「子供ができたんだって？」と冷やかされたが適当に無視した。

「心陽。待たせたな。俺の家に連れてってやる」

「ふんっ」

心陽のおかげで早退できるのはうれしい。だから、拓斗は心陽に笑顔を見せたのだが、心陽の方は仏頂面《ぶっちょうづら》を返してきた。

会社を出ると、拓斗は心陽の歩調に合わせて歩こうとした。心陽はまだ〝パパ〟に打ち解けていないのか、少し後ろをついてくるだけ。手をつなぐのはおろか、隣を歩こうともしない。それならそれでいいけどさ。

拓斗が勤める『日の出食品産業』は品川《しながわ》駅のそばにある。よくよく考えてみれば、幼稚園児くらいの女の子がたったひとりで品川駅に辿り着き、駅の喧噪《けんそう》をぬって会社までよくやって来たと思う。

道中の労をねぎらおうかと思って振り返ったが、相変わらず心陽がつんけんした顔だったのでやめた。心陽はちゃんとICカードを持っていて、チャージも十分なようだった。

途中で電車を乗り継ぎ四十分くらい。最寄りの駅から拓斗のアパートまではさらに十五分くらい歩く。

家に着くと、玄関に大人の靴と子供の靴がきちんと揃えて置かれていた。大人の靴は同居している弟の海翔の革靴だ。子供の靴は男の子が履きそうな青い運動靴だった。

「ただいまー」

と、いつもより大きい声で中に呼びかけ、心陽を玄関に招き入れた。

「……おじゃまします」

心陽は目線を落として緊張したような声を出したが、青い運動靴を見たときに少しだけほっとしたように見えた。拓斗はいつものように玄関先に鞄を置き、ネクタイを緩めながらリビングへ入る。

「海翔、そっちも大変だった、な……？」

リビングでは、メガネ姿の海翔とやさしい顔をした男の子が並んで椅子に座りながら、マグカップで何かを飲んでいた。

「あ、兄さん。お帰りなさい」

平和というか、和《なご》んでいる。四人がけのテーブルの椅子に並んで座っているふたりを見て、拓斗はちょっと拍子抜けした。

男の子――遥平は、マグカップを傾けたまま固まっている。見知らぬ大人の拓斗が入ってきたからかと思ったが、遥平の目線はどちらかというと心陽に向いていた。

「……あ、はーちゅん」

と遥平がマグカップから口を離して心陽に呼びかけた。心陽もかわいい顔立ちだと思ったが、男の子の遥平は目も眉もやさしげでまるで女の子のようにかわいらしい。

と思ったら、心陽がつかつかと遥平に歩み寄ると頬をつねった。

「よーちゃんのバカっ」

「いたいよ、はーちゅん」

遥平の柔らかい頬が、にょーんと伸びている。

「じぶんだけおいしいもの、ずるいっ。なにのんでるの？」

「ここあ」

心陽がさらに憤慨《ふんがい》した。

「ずるいっ」

「いたいよぉ」

突然始まったふたりの子供の戦いに、海翔はただおろおろしている。拓斗もびっくりして見ていた。心陽に頬をつねられている遥平が思いのほかかわいいのだが、放っておくわけにもいかない。

「おまえ、やめろって」

と、拓斗が心陽を遥平から離した。つねられた遥平の頬がかすかに赤い。海翔が立ち上がって遥平の頬を指先で少し撫でた。

拓斗は心陽の脇の下に手を差し入れて持ち上げると、海翔が座っていた椅子に心陽を置く。

「おまえが〝星野心陽〟で、こっちが〝星野遥平〟な?」

「…………」

ぶすっとしている心陽。「うん」と頷く遥平。

「並べてみると似てるな」

拓斗が言うと、海翔も顔を近づけてふたりを見比べる。

「眉の垂れ具合、まつげの長いところ、頭の形。確かに。目は〝心陽〟の方はきりっとしてるけど、〝遥平〟の方は目も垂れてるな」

そんな拓斗の言葉に「……べつにいいでしょっ」と心陽がそっぽを向き、遥平が困った顔をしていた。

拓斗が反抗的な心陽に何か言うより先に、海翔が無言で拓斗と並び、メガネを外した。ふたりの子供たちが不思議そうに見つめていると、海翔は自分たち兄弟の前髪を上げて、ふたりの子供たちに自分たちの顔がよく見えるように近づく。

「何すんだよ、海翔」

「……ほら、メガネ外すと僕たち似てるでしょ？　兄弟だから」

海翔の言うとおりだった。拓斗の茶髪は髪色を抜いているだけだから、ふたりの前髪をなくしてしまえば――若干、拓斗が怪訝《けげん》な顔をして、海翔の目が眠そうだったが――そっくりだった。

「うん。にてる」と遥平が頷く。

「ひっつくな、海翔。気持ち悪い」

拓斗が海翔を振りほどき、前髪を直す。

「似てるね。で、きみたちもよく似てる。だから、ふたりはきょうだいなんじゃないですか？」

しばらくふたりの子供は互いにつつき合ったりしていたが、最後は心陽が白状した。

「……そうだよ。ふたごだけど」

心陽が白状したので、遥平も口が軽くなったのか、さらに付け加える。

「なんとかそーせーじっていうんだけど、にてるんだよ」

拓斗と海翔がほっと息を漏らした。何もかも分からない子供たちだったが、とりあえず名前以外にも新しい情報が得られたのだ。

拓斗もふたりの向かい側の椅子に腰を下ろした。

「どっちが、上？」

と、拓斗が尋ねる。海翔がメガネをかけ直した。冷蔵庫から拓斗に麦茶を出し、心陽の分のココアをレンジで作りに行く。

「はーちゅんがおねえちゃん。でも、はーちゅんもよーちゃんも、よんさい」

と、やさしい顔の遥平が答えた。四歳という情報が増えた。

心陽のココアを用意した海翔が、しみじみと遥平の頬を撫でる。

「上というのは弟にひどいことをするものです。ほっぺ大丈夫？」

「うん」

と遥平が頷いて、残っているココアを飲んだ。

その横で、〝上の子〟たちが文句を言っている。

「弟にひどいことをするって俺のことか」

「はーちゅん、よーちゃんにひどいことしないもん」

「本人はそう言うものです」

海翔の指摘に、拓斗と心陽が非友好的な視線を交わし合った。

「ったく」と舌打ちしたものの、拓斗は海翔に文句を言うよりも、心陽に質問する方を選んだ。

「で、おまえらふたりのママって誰よ?」

ココアを飲んでいたふたりの子供の動きが止まった。

「ママは……」

「ダメだよ、はーちゅん」

と遥平が心陽をたしなめる。小声のつもりだろうが、丸聞こえなのが子供らしい。

「うん。わかってるよ。だからあれがあったでしょ」

「あれ? あ、あれね」

遥平と心陽がふたりでぶつぶつ相談している。ふたりとも自分が背負っていたリュックサックをごそごそやり始めた。

「はい」

「これみて」

ふたりが拓斗と海翔に折りたたんだ小さなメモ書きを差し出す。

「何これ」

拓斗がうさんくさそうにメモを受け取ると心陽が言った。

「ママから」

遥平の持っていたメモは海翔が受け取った。

「開いていい？」

「うん」

拓斗たちがメモを開くと、女性らしいきれいな文字でこう書かれていた。

《奥崎さん、あなたの子供です。しばらく預かってください》

ふたつのメモのどちらも、同じ文章があるだけだった。

「用件しか書いてない。書き手の個性がまったく分からないですね」

と海翔が小さな声でぼやいた。

「ほんとだな」

拓斗も何度も読み返してみたが、書かれている内容が増えるわけでもない。誰が書いたか名前もない。念のため匂いを嗅《か》いでみたが、香水の匂いがしたりするようなこともなかった。

「兄さん、何やってるんですか」

と、海翔が怪訝な顔をしている。

「いや、香水か何かの匂いでもしたら、書いた女のヒントにならないかなって」

「傍《はた》から見てて結構キモいですよ」

「うっせ」

拓斗が麦茶をあおる。その間、海翔が顎にほっそりした指を当てて考え込んだ。

「兄さん、ちょっと整理しましょう」

「あ？」

海翔のメガネが光る。

「今日、このふたりがほぼ同じ時間に、『パパ』と僕たちを頼って別々にやって来た」

「ああ。こっちはほとんどテロみたいなもんだったけどな」

拓斗が変なことを言うから、心陽が「しゃーっ」と威嚇《いかく》している。海翔はどちらも無視して続ける。

「ところが、このふたりは姉弟だった」

「そうだな」

「それと、このメモですよね」

と海翔が先ほどのメモを手にする。

「ああ。何のヒントにもならねえ」

「メモの中では《奥崎さん》と呼びかけているだけで、僕らの下の名前は言っていないのですけど」

「それがどうかしたのかよ」

ますますいぶかしげな顔をする拓斗に、海翔はメガネを指でくいっと持ち上げてみせた。

「ふたつ、気づいたことがあります」

「ほう」

「ひとつは、この子たちが双子の姉弟ということから導き出されるのは、当然ながら父親もひとりということ」

拓斗と海翔の間に妙な沈黙が生まれた。お互いに互いの胸の内というか脛《すね》の傷というか、知りうる範囲の過去を探り合う。

「海翔、おまえ」

「いやいや、兄さんこそ」

ことん、と音を立てて心陽がココアのカップを置いた。睨んでいる。遥平は何だか分からずきょとんとしていた。

とりあえず子供にここから先を聞かせてはいけない——。

拓斗と海翔は連れ立って席を立つと、2LDKのアパートの別室へ入った。

ドアを閉めた途端、つかみ合いの言い争いが始まった。

「俺じゃねえからな!?」

「僕なわけないでしょう⁉　僕と兄さんだったら、あの女の子の気性の激しさは兄さん似でしょうよ⁉」

地味に的確な海翔の指摘に、拓斗がやり返す。

「あっちの男の子のぼーっとしたところは海翔そっくりだろ」

「そんなことないですよ⁉　ほんとに身に覚えないんですか、兄さん⁉」

お互い衿から手を離した。肩で息をする。第一ラウンド引き分け。

「はあ、はあ……。まあ。身に覚えがないことは……ないぜ？　この年だからさ」

「はあ、はあ――。なら、やっぱり兄さんの子供たちということで」

逃げる気満々の海翔だが、拓斗は逃がさなかった。

「海翔だって、まったく清廉潔白《せいれんけっぱく》だと言い張るつもりかよ」

「………………〝星野〟」

「うん？」

聞き返すと、海翔が何かに気づいたような顔をしている。

「あの双子、〝星野〟という名字は分かってるわけでしょ？」

「確かにそうだな」

海翔が取っ組み合いでずれたメガネを直しながら続けた。

「ということはですよ？　〝星野〟以外の名字の元カノは除外されるわけですよね？」

しばらく考え込んで、拓斗が快哉《かいさい》を叫んだ。

「……おお！　海翔、おまえ頭いいな。さすが大学の先生だ」

「──で、どうなんですか」

「何が」

海翔が半眼《はんがん》で兄を見返している。

「星野某《なにがし》という元カノがいたかどうかですよ」

拓斗が考える顔になった。スマートフォンをいじり、ときどき指折りをしながら人生を振り返っている。

「うーん」と拓斗がのろのろと海翔に向き直った。

「いない、と思う。たぶん」

「曖昧《あいまい》ですね」

海翔が呆《あき》れ顔になると、拓斗が唇を尖《とが》らせた。

「しょうがねえだろ。アドレス帳に下の名前でしか登録していないから」

「何でそんなことしてるの」

「……何つーか、下の名前で呼ぶのって彼氏特権的な感じじゃん？」

海翔が盛大にため息をついた。

「はあ〜〜〜。チャラいくせに変なところで夢見がちですよね、兄さん」

「うっせ」

「その夢見がちのせいで、元カノの名字がよく分からない、と?」

海翔の指摘に拓斗は頭をぼりぼりかく。

「明らかに違う名字だって奴はいる。けど、覚えていない奴もいるさ。何か微妙なんだよ」

「そうですか。残念です」

「で、おまえはどうなんだよ?」

と拓斗が逆に質問すると、海翔の目が急に泳ぎ始めた。明らかに不審だ。

「…………らない」

「え?」

「——分からないんですよっ。兄さんのせいでっ」

海翔が赤面しながら大きな声を出した。目尻に少し涙がたまっている。

「何でキレてんだよ!?」

「兄さん、ときどき僕のスマートフォン覗《のぞ》こうとするじゃないですか。だから、兄さんにバレないようにファミレスとかショップの名前で登録してたから、わけがわかんなくなってるのです」

「そういうのはさ、別れたら整理しろよ……って、これはやぶ蛇だな」

男とはそういう生き物であると拓斗だって分かる。

「となると、俺も海翔も〝容疑者〟のままか」

「………」

海翔が黙って赤面していた。

拓斗はスマートフォンを取り出す。

「このままじゃ埒《らち》が明かねえ」

「どうするのですか」

海翔が尋ねると拓斗は〝いやあーな〟顔をしている。

「可能性のありそうな元カノに直接聞くんだよ」

「直接って？『俺の子産んだ？』って聞く気ですか!?」

海翔がどん引きしていた。

「聞き方はもう少し何とかするけどさ……しょうがねえだろ！」

「マジですか……」

拓斗のスマートフォンが繋がったらしい。しかし、「あ、香織《かおり》？　俺……」と言っただけで切られた。

「とりあえず、その女の人ではなさそうですね」

「うるせぇ！　おまえも自分の元カノだと思える番号にさっさと電話しろ」

結果——拓斗の残りの元カノ全員は無視か電話番号を変えて繋がらないか着信拒否されていたと判明。少なくとも着信拒否している女性が自分の子供を拓斗に押しつけるのは考えづらかった。

「僕の方も着拒と繋がらずです。兄さんだけではなかったようですね」

「おまえも着拒されんだな。俺だけじゃなかったって喜びたいけど、何かぜんぜん喜べない」

第二ラウンドも引き分けの痛み分けである。

「結局、母親は分からずじまいかー」

「自分の顔と元カノの顔を、うちの大学の理系の人に頼んで、コンピューター合成とかしてみますか？」

「ごめん、さすがに元カノの写真って持ってねぇ」

海翔が意外そうな顔をした。

「兄さん、めそめそ引きずるタイプだからあると思ってました」

「次の女にばれるのがイヤなんだよ。それとめそめそしてねえっ」

拓斗と海翔は顔を見合わせて、またため息をついた。

「母親は不明、となれば、しばらく僕たちが預かるしかないかもしれませんね」

「そういえば海翔、さっき、ふたつ分かったことがあるって言ってたよな。あとひとつは何だ？」

　ああ、と頷いた海翔がややさみしげに言った。

「あのふたりは僕らのそれぞれのところに来ました。こうしてひとつの家に集まっても、兄さんにも僕にも等距離で接しています」

「それがどうしたんだよ」

「つまり——どちらが本当の父親か、ふたりとも母親から教えてもらってないってことではありませんか」

　海翔の言っている意味が分かると、拓斗は押し黙った。急に背中に重い荷物を背負わされたような気がする。胃の辺りが冷たくなった。

　そのとき、部屋のドアを小さくノックする音がした。ドアを開けると、双子が立っていた。ふたりとも、妙な表情をしている。拓斗はここでの会話——特に最後の辺りを聞かれていたのかと思って、焦った。

「ど、どうした？」

　双子たちが互いにつつき合ってもじもじしている。

「よーちゃん……！」

「はーちゅんがいってよ」

　互いに何事かをしきりに譲り合っていた。

「よーちゃんでしょ」

「はーちゅんだって」

拓斗が変な会話を聞かせたかという焦りと、何を双子がやっているのか分からないいらいらが入り交じってくる。

「何なんだよ」

そのときだった。

ぐぅ。ぐぅ〜〜〜〜〜〜。

誰かのお腹の鳴る音がした。心陽と遥平が顔を赤くした。

「いまの、はーちゅんじゃない！」

「はーちゅんのおなかだよっ」

「あたしじゃない！　よーちゃんのおなかがなったの！」

なすりつけ合う双子を見ていたら、拓斗は肩の力が抜けた。

早退したとはいえ、もうすぐ夜の七時。お腹が空いてしょうがないだろう。

「何だ、腹が減ったのかよ。何か食いたい物あるか？」

双子たちがまたうつむき、互いの服を引っ張ったりつつき合ったりする。「パパ」だの何だの呼びながら、まだまだ赤の他人。警戒と気恥ずかしさがあるのだろう。

「……たい」

と、遥平が代表してつぶやいた。

「何でしょうか」

海翔がしゃがみ、遥平と目を合わせて聞き返す。

「おにぎりがたべたい」

遥平が言うと、横で心陽も頷いていた。

「飯はもうすぐ炊けるけど、俺、あんま得意じゃないんだよな。そばのコンビニで買ってきてやるよ。具は何がいい？」

拓斗が元気よく言ったのだが、心陽が拓斗のズボンを小さく引っ張った。どうしたのかと心陽を見下ろせば、変にさみしそうな表情をして見上げている。拓斗はその表情が心に刺さった。このふたりは、理由はまったく分からないが、母親と離れて俺たちのところへやって来た。たぶんだけど、何らかの事情でこのふたりは母親のところへ帰れないのではないか。帰れるならこのアパートまでついてくる必要はないし、お腹が空いたなら母親に連絡するだろう。だから、こんな顔をするのではないか……。

そんな推測をしても、現実にはどうしたらいいか考えあぐねていると、海翔が立ち上がった。

「兄さんは子供の心が分かっていません」

「そういうおまえは分かるのかよ」

海翔がメガネを直しながら、しれっとした顔をした。

「大学とはいえ〝先生〟ですから」

「じゃあ、どうするんだよ」

「おにぎりを一緒に作りましょう」

リビングに戻れば、拓斗がタイマーをセットしていた炊飯器でご飯が炊けたところだった。おかげでリビングに甘い蒸気が満ちている。これはお腹が空くだろう。炊飯器のふたを開ければ、真珠のようにまばゆく白米が炊けている。秋田《あきた》の伯母が送ってくれた『あきたこまち』は、年を越してもまだまだ粒が輝きを失わない。

拓斗と海翔の兄弟ふたり暮らしである。いつもなら炊きたてのご飯におかずは適当で済ませる。一応、週替わりで料理を担当しているが、しょせんは男所帯。出来合いの惣菜を買ってきたり、半額値引きの刺身盛り合わせが多い。たまには肉を焼いたりするが、基本は家のあり合わせで済ませていた。おかげで、冷蔵庫にはろくな物がない。残っている物を引っかき回し、匂いを嗅いだり賞味期限を確かめたりして何とかおにぎりの具になりそうなものを探し出した。

鮭フレーク、海苔の佃煮、昆布、かつお節、梅干し。ツナ缶もあるからコンビニおにぎりっぽくできる。おにぎりを包む海苔は適当に小さく切った。

「じゃあ作ろうか」

「みんな手を洗ってくださいね」

四人で手を洗った。拓斗と海翔が先に洗って双子たちに流しを譲ると、心陽が拓斗の服の裾を引っ張る。

「まだダメ」

「何が」

「もっとちゃんとあらわないとダメ」

拓斗が顔をしかめるが、流しでは海翔が用意した踏み台に乗った遥平が一生懸命手を洗っていた。泡を立てて、両手を合わせ。手の甲もこすり洗いし、指の間も丁寧に。手首まできちんと洗っていた。遥平はがんばっているので口が少し開いているのに気づいていない。

「偉いな。どこで習ったんだ？」

「ほいくえん」

「なるほど。僕らはやり直しですね」と海翔がもう一度、手を洗い始めた。

拓斗も改めて手首までしっかり洗って、四人とも改めて準備完了。

試しに拓斗――今週の料理当番――が炊きたてのご飯を手に乗せる。

「あっちぃ！」

思わずご飯を戻す。もう一度手を濡らした。改めて軽めにご飯を手にのせる。熱さに耐えながら真ん中に鮭フレークを入れて、握った。握ったのだが、形を整えるのが意外に難しい。何となく三角形に作り、海苔をつけて皿に置いた。握っているときはそれなりにできたつもりだったけど、皿にのせるといまにも崩れそうだった。

「おにぎりって意外と難しいんですよね」

と海翔がさくさくと握っている。昆布の三角おにぎりをきれいに仕上げた。

「海翔、うまいな……」

拓斗がショックを受けている。

「ふたりも作ってみましょうか」

心陽と遥平が十分に濡らした手に、海翔がご飯を置いてあげる。

「あついっ」

「あちあちっ」

双子が一度ご飯を戻した。

「熱いだろ」

「あつい」と心陽が顔をしかめている。

「もうやめるか？」

「はーちゅん、やってみたい」

心陽だけでなく遥平も再チャレンジした。

悪戦苦闘《あくせんくとう》の末、十五個くらいのおにぎりができた。

コンビニおにぎりと比べれば不格好だった。大きさもひとつひとつ違うし、形も三角あり俵形あり丸形ありで統一されていない。けれども、このおにぎりたちは文字通りふたつとないおにぎりだった。

「さ、食べようぜ」

もう一度、きちんと手を洗って四人でテーブルに着いた。拓斗と海翔が手を合わせていただきますをすると、心陽と遥平も真似をした。

心陽と遥平が自分で作ったおにぎりを手に取る。

「――おいひい」

心陽がぱっと笑顔になった。横で遥平が一心不乱《いっしんふらん》に黙々と食べている。

拓斗はその双子の様子をしばらくじっと見ていた。

「兄さん、食べないのですか？」

おにぎりをくわえた海翔が尋ねる。

「ああ、食べるよ」と応えて、拓斗は小さな俵形のおにぎりを取った。心陽の作ったおにぎりだった。そのおにぎりを口に入れようとして、一度手を下ろした。

目の前では心陽と遥平が笑顔でおにぎりを食べている。

「よーちゃん、ごはんつぶついてる」

「はーちゅんもほっぺについてるよ」

きゃっきゃっと笑っている双子を見ながら、そういえば今日心陽の笑った顔を見るのは初めてかもしれないと拓斗は思った。

心の太陽で心陽。なるほど、この笑顔を見れば間違いない。

この双子の母が誰か分からない。だけど、子供たちはちゃんと愛されていたということだけは分かった。

だから、たぶんのっぴきならない事情があるのだろうということも……。

「なあ、海翔」

「はい？」

拓斗は声は小さくとも、重たいひとことを呟いた。

「しばらくこのふたり、俺たちで面倒見るしか、ないんだよな」

「……そうですね」

拓斗は改めて心陽のおにぎりを口に入れた。しっとりしたおかかの味とご飯の甘みが口の中だけでなく、心にまで広がったような気がした。

こうして、拓斗たち兄弟と双子たちの奇妙な生活が始まったのだった。

第一章　前略　パパになりました。

「なあ、海翔」

「何でしょうか、兄さん」

「この子たち、どうしたらいいんだろう」

拓斗が言っている〝この子たち〟というのは、突然現れた心陽と遥平のふたりだ。

「奇遇ですね。僕も同じことを考えていました」

「ほう。で、大学准教授の海翔さまの意見はどんなんだ？」

「いま僕が考えているのは、身元不明の子供を預かっているこの状況というのは、刑法上の誘拐と何が違うのだろうかということで」

拓斗は手のひらを突き出して「ストップ」の形にした。

「待て。いまそれ考えるのやめようぜ」

「知り合いの法学部の准教授に聞いてみましょうか」

「やめろ。マジ考えたくない」

自分たちの方こそ被害者だと訴えたい拓斗なのだが、社会は子供にやさしく、大人に冷たいものだ。時節柄も時節柄、言い訳無用で自分たちは誘拐犯にされてしまうだろう。

そんな拓斗と海翔の思いなど知らぬ顔で、心陽と遥平の双子は拓斗のベッドですやすやと寝ている。ふたりで手をつなぎ、額を寄せ合って。

「寝顔までそっくりですね」

「二卵性双生児でもここまで似るんだな」

「静かですね」

海翔の言うとおり、寝息すら聞こえない。

シャワーを浴び、リュックサックの中にあったパジャマに着替えて眠っていた。

「……生きているよな？」

「……大丈夫でしょ」

「……言い切れるのか」

拓斗は心配性なのである。

「――兄さん、確かめてください」

「おまえに言おうと思ってたのに」

「だって、ここ、兄さんの部屋ですから」

拓斗と海翔は二部屋のアパートで一緒に生活している。その二部屋を各々の部屋にしているのだった。リビングがゆったり広いフローリングなのでこれまで別に不便を感じたことはなかった。どうせ都内で家を借りるならふたりで家賃を折半すればいいし、大学准教授という仕事柄、本を大量に置ける部屋がいいと選んだ場所だ。

というよりも、まさか四歳児の双子が突然来訪する前提で部屋選びなどしていない。

双子をリビングのフローリングで寝かせるわけにもいかない。最初は拓斗が心陽を、海翔が遥平を自分のベッドで寝かせようかとも考えた。しかし、海翔と遥平はいいとして、拓斗が心陽と一緒に寝るのは何だかとてもマズい気がしたのだ。拓斗か海翔が真の父親だと完全に判明したらいいのかもしれないが、まだ半信半疑の状況では事案である。ちなみに、心陽たちはどういうわけか、アパートに着いてからは「パパ」と呼ばず、拓斗たちを下の名前で呼んでいる。

双子たちは、寝るときは一緒に寝たいと言っていた。そのため、双子で一緒に寝ることになり、場所として拓斗のベッドが提供されたのだ。拓斗のベッドの利用は心陽の要求だった。まあ、仕方がない、と拓斗は思う。海翔の場合は部屋にいろんな本があって、それにいたずらされたらたまったものではないだろうし。そもそも海翔は部屋に籠もっていろいろな研究書を読むのも仕事なのだ。

拓斗の部屋は大量の本があるわけでもないし、貴重なものもない。双子の荷物を置くにもちょうどよかった――というわけで、双子は拓斗のベッドですやすやと眠っているのだった。

拓斗が足音を忍ばせて双子に近づく。まるで起きる気配はない。よほど疲れたのだろう。ふたりに顔を近づけてみると、ホットミルクのような匂いがした。

「生きてる、よな……？」

するとそのとき、眠ったままの心陽が大きく寝返りを打った。小さな裏拳《うらけん》が拓斗の鼻を強打する。ぐあっ、と思わず叫びそうになって声を抑えた。叫んだら双子が起きてしまう。こんな近くに拓斗がいたら、寝ぼけた心陽が大騒ぎしそうだ。

とりあえず、心陽は生きていたから、よし。

心陽は大きく足も布団から放り出して大の字になっている。遥平も心陽の拳を口にまともに食らっているが、相変わらず微動だにしなかった。すげえ。しかし、これでは遥平が苦しいだろうし、心陽も風邪を引いてしまってはいけない。

そーっと、心陽の手を遥平の口から離す。ちょうどそのとき、拓斗の手に遥平の鼻息がかすかに触れた。こっちも生きてる。よかった。

拓斗は、布団から飛び出した心陽の両手と足をしまってやった。大丈夫。よく寝ている。

部屋の入り口で待つ海翔のところへ戻る。背後から「うーん」という声が聞こえて、心陽が再び布団を剥《は》いでいた。

「兄さん、もう一回」

「……マジかよ」

「このままじゃあの子、風邪引いちゃうかもしれませんよ」

拓斗は情けない顔で海翔を一瞥《いちべつ》した。

「弟の口塞《ふさ》いでないからいいんじゃね？」

「風邪引いちゃうかも」

だったらおまえがやれという言葉を飲み込んで、心陽を布団の中に押し込んだ。

「ったく。子供ってのはどうしてこう布団から脱走しようとするんだ」

そう言っているそばから心陽が寝返りを打った。「うーん」とか言いながら手近にあった拓斗の衿を掴む。思いのほか力が強く、拓斗は心陽に引き込まれるようにして、心陽の顔の至近距離に接近した、その瞬間だった。心陽が拓斗の頬にキスをした。小さくてやわらかい感触に、拓斗の顔が思わず熱くなる。母親にいつもしている癖だったのだろうか。これだから女には気が抜けない……と拓斗は思う。すげぇどきどきした——。

「起きないでくれよー……」と呼びかけながら、拓斗は心陽から何とか離れた。

「お疲れ」

まるで他人事のような海翔を睨んでおく。双子が元通りに仲良く眠っているのを見届けて、拓斗たちは部屋のドアを閉めた。

「それにしても、俺も今日は疲れたよ」

と拓斗があくびをする。

「兄さん、どこで寝るのですか？」

「そうだなぁ……。リビングのソファくらいしかないよな」

　もうさっさと寝たいというのが本心だった。寝て起きたら双子がいなくなって元に戻っていてくれたら、なおさらよい──。

「僕の部屋で一緒に寝ます？」

「やだ」

「ひどい」

　と、海翔が無表情に抗議した。

「ひどくない。あのくらいの年ならまだしも、何でアラサーの男兄弟が同じベッドで寝るんだよ」

「兄さんこそ何を言っているのですか。同じベッドなんて言ってませんよ。僕は自分のベッド。兄さんは床」

　床で寝るのは別にいいのだが、海翔の部屋だとまた別の問題がある。

「おまえの部屋の床、本だらけで寝る場所なんてないだろ」

「そのくらいどけますよ。それにもう少しあの子たちのことを相談したいですから」

　海翔が意外に積極的だったので、拓斗は海翔の部屋を覗いてみることにした。弟の部屋に入るのは久しぶりだった。扉の向こうは天井まで届く本棚がびっしりと並んでいた。それに机と椅子、ベッド。クローゼットの扉は開けたままになっている。拓斗が指摘したとおり、本棚に入りきらない本が床に積み上げられていた。そんな本の塔を海翔が押したり統合したりしてスペースを作る。

海翔が予備のマットレスを広げた。

「じゃあ、海翔の部屋に居候《いそうろう》させてもらうよ」

「一泊一万円」

海翔が手を差し出した。

「金取るのかよ⁉」

Tシャツとジャージのズボンという寝る格好に着替え、拓斗はマットレスにあぐらをかいた。目の前のベッドには同じような格好で同じようにあぐらをかいている海翔がいる。心陽たちではないが拓斗たちもよく似ていた。いまのふたりの外見上の区別といえば、海翔がメガネをかけていることと拓斗の髪の色が茶色であることくらいしかぱっと見では見つからないだろう。どちらもシャワー上がりで整髪料が落ちているから、髪形もそっくりだった。

シャワーといえば、双子たちのシャワーでも一悶着《ひともんちゃく》あった。ここでも問題は心陽が女の子だということ。遥平だけなら拓斗がノリで一緒にシャワーを浴びてごしごし洗ってしまえばよかったのだけど、四歳とはいえ初対面の女の子と一緒にシャワーするのもためらわれたのだ。ありがたいことに、心陽と遥平はふたりでシャワーを使ってくれた。洗い残しも流し残しもなさそうだった。この子たちの母親は、きちんと子育てをしてくれていたようだった。

　洗濯機の停止音がした。

「ちょっと待ってて。洗濯物干してきます」

「洗濯物って、双子の服とかもあるんだよな」

　当然、心陽の下着もあるはず。

「当然、心陽ちゃんのパンツもあるけど……。兄さん気にしすぎです」

　無表情な海翔の指摘にかえってどきりとした。

「そ、そうなのかな」

「僕のゼミも女子学生が多いけど、変に意識しないのが一番ですよ」

「そ、そうか……」

　自分には無理かもしれない。拓斗はちょっぴり海翔を尊敬した。

「そのうち心陽ちゃんに『パパ、きもい』とか言われてしまいますよ？」

「うっせ」

　洗濯物を干すのは海翔に任せた。その間に拓斗はスマートフォンに元カノからの返信がないかを確かめたが、誰からも返信はなかった。妙にむなしい。しばらくスマートフォンをいじりながら考え事をしていると、あぐらをかいているのも疲れてきた。

マットレスに横になって背伸びをしていたら、海翔が帰ってきた。

「ただいま」

「おかえり」

拓斗が起き上がり、再び海翔とあぐらで向かい合う。

「で、これからのことなのですけど――」

と海翔が肩を回しながら話を振った。

「食べ物は何とかなると思うんだ。うちの会社、冷凍食品の卸だからいままでみたいにサンプルを持って帰ってくればいいし」

肉や魚はあまりたくさん持ち帰れないが、冷凍野菜やハンバーグなどの調理された冷凍食品などなら何とかなるだろう。何だかんだで、課長も今日の有り様を見ていたので、融通は利くはずだった。

「うん、それも大事だし、それは兄さんにしかできないからお願いします」

「ああ。双子の着替えはリュックにあったし、食べ物も何とかなる。住むところもここでいい」

「衣食住は何とかなるけど、問題はそれ以外です」

「それ以外って?」

海翔もスマートフォンを確認していた。海翔の方も空振りだったのか、すぐにスマートフォンを置く。

「僕も兄さんも働いています。昼間、あの子たちをどうしますか？」

「それは――」と拓斗は絶句した。会社に連れていけばいいと言いたかったが、そんな物語みたいな行動を、現代日本のサラリーマンが取れるわけない。

「僕だって無理です。子連れで大学の授業はできませんから」

拓斗は、いつもどこか浮世離れしている海翔が、遥平をおんぶ紐でおんぶしながら大学で講義しているさまを想像してみた。それはそれで面白そうだけど。

「だったらどうするんだよ」

「兄さんの会社に保育所はありますか？」

「保育所っていうと、保育園みたいなものか？」

「似てますけど、福利厚生の一環で企業内や事業所近辺に用意された施設ですね。病院内にある院内保育所とかもあるそうですけど」

とりあえず拓斗が聞いたことがない単語である。

「たぶんないんじゃないかな」

「では、保育所はなし、と」

すると、拓斗があることを思いついた。

「ちょっと思ったんだけどさ――お袋が面倒見てくれないかな」

「え？　実家の母さんを頼るのですか⁉」

と海翔がすっとんきょうな声を出した。

「だって、俺たちに育てられるか⁉　実家って言ったって車ですぐの距離だろ」

「確かにそうですけど……。母さんにどう説明するのですか」

たぶん自分たちどちらかの子だろうけど、母親については不明。もちろん、子供たちとは初対面。そんな形で孫ができましたとなったら……。

「お袋、卒倒するな」

「でしょ？」

母は拓斗たちが学生の頃に夫に先立たれたが、男の子ならちゃんと自立してほしいと一生懸命育ててきたのだ。その結果こうなった。何だか申し訳ない。やはり、こちらで対処しなければなるまい。

海翔がベッドから降りて机の上のノートパソコンに触れた。ブラウザを開き、検索をかける。

何を調べているのかと拓斗が覗き込むと、検索ワードに「保育園」といった文字が見えた。検索結果を新しいタブでいくつか並べて、海翔がピアニストのように細くて白い指で画面を指す。保育園についていろいろ書かれていた。

「やっぱり、保育園か」

「幼稚園で預かってもらえるのは日中の四時間程度と書いてあります。送り迎えの担当――この場合は僕たちが、子供を預けたり迎えにいく時間は仕事中ですから。それに手を洗ったときの言葉から、保育園の経験はあると思っていいでしょう」

拓斗が検索結果を難しい顔で見ている。

「認可保育園と認可外保育園ってよく聞くけど、やっぱり認可保育園の方がいいんだよな？」

「認可外だから悪いってわけじゃないみたいですよ。ほら」

と海翔が画面のカーソルを動かして、拓斗の視線を誘導した。

「厚生労働省の認可を得ている保育園が認可保育園で、得ていない保育園が認可外保育園だけど……園庭の広さが確保できなくて認可が取れないで認可外保育園になっているところもある、か。都会だったら普通にありそうだよな」

「それに、たぶん認可外保育園でないと無理だと思う」

「どうして？」

海翔が少しだけ言いにくそうな顔をしたあと、いつもの無表情に戻って続ける。

「どこからともなくやって来た子供で、僕たちを〝パパ〟と呼んだけれども、どちらが本当の親か分からない。母親も分からない。普通だったらマジで事案でしょ？」

双子の言い分を信じるなら、拓斗たちのどちらかが父で、どちらかがおじだった。

けれども、その血縁関係を証明できるものがないのだ、と海翔は言っているのだ。

「……そうだな」

「認可外保育園だったら、その辺も含めて話を聞いてもらえるかもしれない」

「認可外保育園……」

拓斗はバカみたいに繰り返すことしかできない。拓斗も海翔も、幼稚園出身なのだ。想像がつかない。

「いま五月でしょ？　ちょうど追加募集が出る時期みたいですし」

「すんなり決まる？」

うーん、と画面を眺めながら海翔が唸《うな》っている。

「とにかく一度行ってみないと何も分からないでしょうね。さしあたって近場のここなんかどうでしょう？」

「いつ行くんだ」

「明日、僕が行ってみますよ」

「いいのか？　明日、授業は？」

「休講にします」

相変わらず無表情に画面をいじっている海翔の横顔を見ながら、拓斗は少し感動した。正直言って、こまごましたやりとりや書類は、営業職の拓斗には苦手な分野だったから、海翔が自分からやると言ってくれたのはとてもありがたい。そのうえ、今日、奇襲のように出現した見知らぬ双子のために大学を休むと言ってくれている。なかなかできることではないと思った。

「じゃあ、お言葉に甘えさせてもらうよ。その分、仕事の帰りにうまいもの買ってくるからさ」

「何言ってるのですか？　兄さんも会社を休んでもらいます」

「え？　どうして？」

と拓斗が尋ねると、海翔が相変わらず画面を見つめたまま答えた。

「僕が保育園に行っている間、双子の面倒よろしく」

「ちょっと待て！」思わず立ち上がった。「おまえ、大学休むんなら双子の面倒だって見られるだろ」

「保育園であーだこーだと入園のための話をするのに、双子がいたら邪魔です。子供に聞かせられない大人の事情の話になるかもしれないし。双子まで連れていくのは大変ですし」

「おまえの車に乗せていけばいいじゃねえか！　ご自慢の外車によ！」

中古とはいえ、光り輝くボディのＢＭＷを海翔は所有している。大学の先生とはそんなに儲かるのか。海翔に言わせれば『兄さんは無駄遣いが多いからダメなんです。

ソーシャルゲームの課金とか』となるのだが。

「あの車は四歳児の搭載を前提に設計されてないからダメです」

「んなわけあるか！　さてはおまえ、最初っから双子の面倒を見るのを俺に押しつけるために、保育園との交渉を買ってでたんだろ!?」

さすがに海翔が拓斗に顔を振り向ける。

「人聞きの悪いことを言わないでください。適材適所です」

「何がだ」

海翔がメガネを直しながらこう言った。

「僕は大学の准教授です。社会的に信用のある職業といっていいでしょう」

「食品卸の営業を差別するつもりかよ!?　一応、上場してんだぞ」

「そんなつもりはありません。何かあったら事案な僕らに使えるものがあれば何でも使いましょうよという話です」

拓斗は思わず「ううーん……」と唸った。確かに、一部上場とはいえ営業職のサラリーマンと大学の先生を比べて、どちらに社会的信用があるかといえば、大学の先生だろう。やむを得ない。食品業界の業界地図が分かる人なら、拓斗の会社の名前を出せば驚いてくれるのだけど……。

ニュースでは保育園に入れない待機児童問題や「日本死ね」なんて言葉まで出てき

たことくらいは、さすがに拓斗でも知っている。狭き門に挑むなら、海翔が言うとおり、使えるものは何でも使うべきなのだろう。

「だから、僕が交渉した方がきっと有利です」

「じゃあ、任せるか……」

「それに、僕、子供見るの苦手ですし（ぼそっ）」

「おい！　いま何か聞こえたぞ!?」

「空耳でしょう」

「俺だって子供の面倒なんて初めてなんだからな！」

「本当かな（ぼそっ）」

「ああん？」と聞き返すと、海翔が画面に顔を戻して口笛を吹くまねをしていた。

くそっ、海翔の野郎。ひとこと多いんだよな。

「よし、分かった。俺も明日は会社を休む」

「おお」

海翔が拓斗に向き直る。

「そんでもって双子の面倒を見る」

「おお」

海翔が小さく拍手した。

「ただし」と拓斗がにやりとする。

「俺と双子もおまえについて保育園に行く」

「お？」

海翔の動きが止まった。

「兄さん、さっきの話を聞いてました？」

「双子に聞かせたくない話のときは外すよ。少なくとも絵本もおもちゃもないうちの部屋にずっといるより、あいつらだって楽しいだろ」

海翔はしばらく目を泳がせていたが、ため息をついて生乾きの頭をかいた。

「じゃあ、一緒に行きましょうか」

「そうしようぜ」

「車、汚さないでくださいよ？」

海翔の交渉ですぱっと保育園が決まったら、このご時世、夢のような奇跡だろう。双子を気にしないでこれまで通りに働ける。しかし、それでいいのかと拓斗は思うのだ。保育園が決まれば、これから先、心陽も遥平も一日の大半をそこで過ごすのだ。ひょっとしたら、父親かもしれない自分たちと過ごすよりも長い時間。それを双子の顔も直に見ず、ただ名前と年齢と、突然、拓斗たちのところへやって来たというちょっとした出来事だけで、書類だけで決められてしまっていいのか——そんな気持ちが拓斗の中でくすぶっていたのだ。だから、海翔ひとりにぜんぶを任せてしまうのは違う気がした。小さくても、あのふたりはれっきとした「人間」なんだ——うまく言葉にはならないけど、拓斗にはそんな思いがあったのだ。

拓斗がそんなことをとつとつと説明する。じゃあそうしようか、と答えた海翔が画面に向き直って何かを打ち込み始めた。明日、休みを取るためのメールだった。拓斗もスマートフォンを取り出して、課長へ明日の有給申請のメールを打ち始める。貴重な有給を一日、あの双子たちのためにこんなふうに費やすことが、拓斗はなぜか愉快だった。まるで本当の親になったみたいで——。

翌日、少し遅めに保育園へ向かうことにした。朝一番では、それこそ子供を預けに来る親御さんの邪魔になるだろうと思ったからだったし、双子たちに保育園の説明が必要だろうと思ったからだった。

「ほいくえん？　ようちえんじゃないの？」

心陽が首をかしげる。横では遥平が一心不乱に朝ご飯を食べていた。自分のことなのだが、遥平にとっては朝ご飯の方が大事らしい。

「幼稚園がよかったのか？　でもほら、他の子と一緒に遊べる時間が保育園の方が長いし」

「うーん」と心陽が箸をくわえて考えた。その心陽を遥平がもぐもぐしながら見つめている。

「たくとたち、ふたりともおしごとがあるんだよね？」

「あ、うん。まあ……」

「じゃあ、ほいくえんでいい。よーちゃんもいっしょ」と心陽が決断した。

どうやら子供ながらに空気を読んでくれたらしい。すんなり決心してくれてよかったと拓斗は思った。

『みどり保育園』は、拓斗たちのアパートの最寄り駅の隣の駅にあった。白い二階建ての建物の二階だ。昨夜、海翔が調べた条件で考えれば園庭なんてほとんどなさそうだから『認可外』なのだろうと拓斗は思った。

エレベーターがすでに子供の匂いがしている。

二階に着くと、大きなガラスドアの向こうに子供が何人か見えた。もっと奥まであるようだから、結構な人数がいるのだろう。ドアから中へ入ると、子供たちの騒ぎ声が聞こえた。

「おはようございます。昨夜、メールを差し上げた奥崎ですが」

と、海翔が事務の女性に声をかける。すると、すぐに園長先生がやって来た。

園長先生は、小柄でちょっとぽっちゃりした品のよいご婦人という感じだ。にこにこしていて、いわゆる『おばあちゃん先生』みたいなやさしいイメージそのものだった。この人になら子供を預けて大丈夫そうだという第一印象を与える雰囲気だ。

「こんにちは。園長の浅見律子《あさみりつこ》です」

園長先生が双子たちに笑いかけた。

「はじめまして。心陽ちゃんと遥平くんね？　メールで双子だって書いてあったけど、そっくりでかわいいわね」

突然知らない人に声をかけられて、心陽たちが硬い表情になる。子供らしいことだ、と拓斗は内心、苦笑した。園長先生は二言、三言、双子に話しかけたが、双子の方がうじうじしている。拓斗が半ば強引に挨拶はさせた。

園長先生が事務の人と一緒に細かな話を始めたので、海翔に任せて拓斗は双子の相手をすることにした。園長先生がおもちゃを借してくれたので助かる。といっても、まだ入園するかどうか、正確には入園できるかどうか決まったわけではないから、そんなに自由に遊ぶことはできないのだが。

意外に話が長い。

大人の拓斗でもイヤになってきた。外にいた方がよかっただろうか。まだ四歳の心陽と遥平も同じだ。おもちゃは借りてるものの、心陽はあからさまに不機嫌になり、他の子供の声のする方へ遁走《とんそう》を企てては拓斗に阻止されていた。遥平はおとなしい子だったけれども、無言で疲れ果ててくにゃくにゃしだす始末。

「もう少しだ、がんばれ」と拓斗も励ますが、半分自分への叱咤《しった》だった。

「たくと、はーちゅんもうやだ」

「もう少しだから」

「よーちゃんもつかれてるからかえろ？」

と心陽が拓斗のデニムを引っ張る。その横で遥平が口を半分開けてぼーっとしていた。魂が抜けかかっている。

そのときだった。

「兄さん、まずは園の様子を見てくださいとのことです」

と海翔が声をかけてきた。拓斗が小声で海翔に問う。

「どう？」

「ここまでの話では、大丈夫です」

園長先生が奥へ入っていく。

「誰か……。あ、和香《わか》先生、園の案内をお願いしたいのですけど」

と、園長先生が近くにいた、髪をひとつ縛りにした保育士に声をかけた。

ワカセンセイ、という音の響きに、なぜか拓斗の身体が緊張する。なぜか海翔を振り返ってしまった。海翔もなぜか拓斗を見る。園長先生に呼ばれたひとりの保育士を見て、拓斗は氷のように固まった。

「わ、和香……？」

保育園の先生らしくエプロンを着て、笑顔で振り向いた、すらりとした美人。にこやかな目元、美しい眉の形、小ぶりの鼻と楽しげに開いている唇。仕事柄、ほとんど化粧っ気を感じさせないのに、肌は桃色に輝いていた。見間違えるわけがない。拓斗の――そして海翔の――幼なじみであり、初恋の人物だった野々宮《ののみや》和香だった。

和香が拓斗たちの顔を見て、一瞬驚いた顔をしたがすぐに笑顔になった。

「こんにちは」

仕事の対応だと分かっているのだが、その笑顔が変わらないと思える。拓斗はぎくしゃくしながら応えた。

「あ、ああ……」

隣の海翔はもっとひどかった。

「ぐ……あ……え……」

ほとんど毒をあおったような状態である。

「あら、和香先生、この方たちとお知り合い？」

園長先生に尋ねられて、和香が曖昧な笑顔になる。

「え、ええ。あの、小さい頃のご近所さんで……」

「え、あ、ああ。超久しぶり。五年ぶりくらいですかね」

自分でもバカじゃないかと思うほどにしどろもどろになる拓斗。拓斗にとっては、幼なじみで、初恋の人で、元カノでもある。顔が熱い。身体が熱い。心が熱い。

「大学出てからだから、もう七年くらいだよ」

「あ、もう、そんなになってしまわれましたか。あ、いえ、その。和香、さんは、ここで働いてるの？」

何と呼んでいいか分からない気まずさ。名字にするべきだったか。

「少し前から。そっかぁ、拓斗くんがお父さんかぁ。私も年を取るわけだ」

「えっと、これは、その——」

拓斗が言葉を探していると、園長先生が笑った。

「そうだったの。ご縁ってあるのね」

拓斗と和香がちょっと視線を交わして苦笑いする。海翔は緊張しすぎてもはや使いものにならなくなっていた。ここから先は自分がやるしかないようだ、と拓斗は思った。けれども——微妙に気まずい。

和香の方が〝ビジネスライク〟に振る舞った。和香はしゃがみ込んで心陽と遥平のふたりと目線を合わせると、保育士らしくふたりに優しい笑顔を向ける。

「こんにちは。野々宮和香っていいます」

「ほしのこぁるです」

「ほしのよーへーぇす」

今度はふたりは自分の名前を一応言えた。滑舌《かつぜつ》はアレだったけど。ちょこんと頭も下げている。

「ご挨拶上手ー。双子のお友達はもう一組、小さいお友達がいるから仲良くしてね」

「うん？　双子……？」

そんな話をしただろうかと拓斗が聞き返した。すると、和香が手を横に振った。

「ううん。ふたりの顔がよく似ているから双子かなって。違ったかな」

「ちがわない」

「はーちゅんとよーちゃんは、そーせーじ」

和香が自然にふたりの頭を撫でる。

「そっか、そっかぁ。ふたりともいい子だね〜」

とはいえ……初めての場所、初めての大人たちに双子は疲れているようだ。特に遥平の方はすでに表情が消えている。

「すごくいい子たちよね。待ってて。これ、食べられるかな？　今日は特別」

と、園長先生が一口サイズのチョコレートを双子にくれた。

「あ、ありがとうございますっ。ほら、ふたりともちゃんとお礼を言いなさい」

「ありがとーございます」と心陽。さっそくチョコレートを食べる。

「………ます――」と遥平。こちらはチョコレートを包みから出さなかった。

相変わらず、魂が抜けかかった表情のままだった。

「だ、大丈夫か、おまえ……？」

遥平が無言で頷く。しかし、心陽の見立ては違っていた。

「やばいよ。よーちゃんがたべられないなんて」

「本当か？」

「げんかいちかい」

姉が無慈悲な宣告を下す。やっぱり心陽はしっかりしている。

弱っている遥平の頭を和香が再び撫でた。

「もうちょっとだけだからね。ちょっと他のお友達のところ見てみようか」

和香がふたりの手を取って中の部屋を見せようとした。拓斗は、相変わらず和香への緊張でただのゆでだこになっている海翔に双子を任せる。園長先生と和香と自分の三人にしてもらうと、拓斗は深々と頭を下げた。

「あの、ふたりを保育園に入れてやってください！」

園長先生と和香が目を丸くしている。

「奥崎さん、ご事情は弟さんからお聞きしましたけど……やはり血縁関係のない方からの入園申し込みは……即答はできかねます」

「そこを何とか――」

無茶苦茶なことを言っている自覚はあった。しかし、このまま子連れで出勤できるわけもない。

「そう言われましても……」

「せめて、実の母親が戻ってくるまででいいんです」

と食い下がる拓斗は、改めてこれまでのいきさつをざっと話す。初恋の人にして元カノな和香にこんな話を聞かせるのもどうかと思うけど――味方になってほしかった。あの双子たちのために。

案の定、話が終わると和香がため息をついた。

「はぁ。拓斗くん、とうとうやったか。できちゃった結婚を超えて、いきなり四歳児のパパというのが拓斗くんらしいかもしんないけど」

昔ながらの和香のしゃべり方だったが、心が痛い。穴があったら入りたい。死にたい……。

「面目ないと言うべきか何というか……」

「海翔くんも多少身に覚えがあるというのが、割とショックかも」

「うっ……。でも、和香、それは海翔には言わないでやってくれ」

和香からそんなふうに言われたら、海翔はマジで死んでしまう。

「それにしても――あの双子、かわいい顔してるわよね」

和香がちょっと離れたところにいる双子に手を振った。遥平が小さく手を振り返す。

「頼む。これから俺もまっとうに生きるから」

「何それ。時代劇みたい。飲んだくれで博打好きなダメな父親」

「ぐっ……」

拓斗は奥歯を噛みしめた。いまは我慢。とにかく我慢だ――。

「本当に、拓斗くんたちの子供なのね？」

と和香が真剣な表情で確認してきた。

「あ、ああ」

「根拠は？　それこそ騙されている可能性はないの？」

園長先生が頷く。拓斗はついぞ、自分たちが騙されている可能性を考えなかったといまさらながらに気づいた。しかし、ちょっと考えれば分かることだった。

「騙されてはない。だって、あんな小さい子がたったひとりで俺たちのところまで来たんだぞ？　それに――」

「それに？」

拓斗はちょっと言いにくそうに小声で言った。

「遥平は小さい頃の海翔にちょっと似てるし、心陽は小さい頃の俺にちょっと似てる。口元とか。ちょっとだけな？」

言いながら、なぜか恥ずかしくなってくる。和香が吹き出した。

「ふふ。確かに似てるかも」

「笑うな……」

和香が笑いを収めると園長先生にこう言った。

「園長先生、私からもお願いします。あのふたりをうちで預からせてください」

「和香……」

「和香先生まで……」

頭を下げる和香の姿に園長先生が驚いている。

「認可外だから何でもありというわけではありませんけど、いろんなご家庭のカタチに応えられるように、といつも園長先生もおっしゃってるじゃないですか」

「そうですね」

「確かに、拓斗くんはバカですけど――そして双子を押しつけて正体も明かさないお母さんもお母さんですけど――子供たちには罪はありませんし。あの子たちがみどり保育園を気に入ってくれたらそれが〝答え〟なのではないでしょうか」

園長先生が少し眉をひそめて拓斗に確認する。

「本当に、大丈夫ですか？」

「はい」

拓斗が目に力を込めて応えると、和香が付け加えた。

「先程からお話ししているように、私と拓斗くんたちは幼なじみで、ふたりのお母さんとも知り合いです。もし双子を置いて逃げ出そうなんてしたり何かあったら、私と拓斗くんのお母さんで絶対に拓斗くんたちに責任を取らせますから」

園長先生が、分かりましたと答えたのを聞いて、和香は軽く頭を下げると双子の方へ向かう。ゆでだこの海翔からふたりを預かると、今度こそ保育園の見学に連れていってくれるようだった。

「園長先生……」

相変わらずショートしたままの海翔の代わりに、拓斗が園長先生に声をかけた。

「少し考えなければいけないでしょうね。たとえば〝実の母親〟を名乗る女性が現れたときに引き取りに応じるかどうかとか」と園長先生。

「それじゃ？」

園長先生が笑顔になった。

「和香先生もああ言ってますし、うちでお引き受けするつもりです」

「あ、ありがとうございます」

全身の力が抜けてその場に崩れてしまいそうだった。

「ええ」と園長先生が笑っている。

「ふたりともすぐに園になじむでしょう」

その双子たちは和香に付き添ってもらいながらおっかなびっくり他の子たちと遊んでいる。連れてきて正解だったな、と拓斗は思った。

海翔の代わりに、残りの書類をチェックしてしまう。

昨夜、海翔に話したように、心陽と遥平を見てもらいたい気持ちもあった。ただの書類上の、文字列としての子供たちではなく、生きているこの子たちを見てもらいたかった。どこが本当の家か分からないけど、そこから健気にも見知らぬ自分たちのところまで来て、「パパ」と呼んだこの子たちの顔を、そのいじらしさとかわいらしさを見てほしかったのだ。

ふと、拓斗は何で自分がそんなことを考えているのだろうと変に思う。ひょっとして、自分では分からない心のどこかか、遺伝子レベルの何かで心陽と遥平を自分の子だと思っているのだろうか。その考えに行き着いて、拓斗は胃が急に重くなった。子供が嫌いなわけではない、と思う。過去には結婚を考えた相手もいなかったことはないし、その相手との子供を想像してみたこともある。そのときにこんな――まるで罪悪感のような――感じはしなかった。なのに、なぜ……。

「ただいま～」と和香が双子を連れて戻り、拓斗の思考を断ち切ってくれた。

「お、おう。おかえり。どうだった？」

和香が少し苦笑しながら双子を前に出す。

別にそんなことはないのだが、何だか和香と夫婦になってしまったようなやりとりに感じてしまった。さっきの思考の影響だろうか。和香と付き合っていたのは高校時代の一時期だったのに。ほら、和香だって困ったような顔をしているではないか。

どうして和香が困っているのだろう。俺の思考が読めるわけでもあるまいに……。

答えは不機嫌そうな心陽が教えてくれた。

「ようちえんがいい」

「え？　幼稚園？」

突然降ってわいて出た抗議に拓斗は絶句する。朝、ちゃんと説明したはずなのに。さっきまでそんな素振りは見せなかったのに。ここでひっくり返されるとは思っていなかった。これが子供の気まぐれなのか……。

「ようちえんはほいくしてない。ほいくえんはちっちゃいこばっかり」

ますます謎の答え。和香が苦笑しながら補足した。

「さっき、二歳児以下のお友達の部屋も案内したんです。そうしたら、あかちゃんじゃないもんって急に機嫌が悪くなってしまって――」

　拓斗は思わず吹き出しそうになった。しかし、堪《こら》える。園長先生も、あらあらと笑っていた。拓斗はしゃがみ込んで、双子たちに話しかける。

「保育園には確かに小さいお友だちもいるけど、ちゃんと分けてるから大丈夫だよ」

「そうなの？」

　和香も拓斗の横にしゃがんだ。

「そうだよ。ふたりはもうお姉ちゃんとお兄ちゃんだから、別のお部屋で同い年くらいのお友達と遊ぶの」

「……ほんと？」

「ほんと、ほんと」

　和香がにこにこ顔で説明すると、心陽と遥平の目がだんだん輝いていくのが分かった。こいつすげえなと、拓斗は和香を尊敬の眼差《まなざ》しで見た。同時に幼なじみで元カノの、拓斗が知っていた和香ではないような気がして、ちょっと複雑な気持ちがした。

「保育園、いいだろ？」

　と拓斗が笑顔で言うと、心陽と海翔が頷いた。

「ほいくえん、いい」

「それにだな？　俺たちは昼間、仕事をしている。そうしないと、お金が稼げず、ご飯を食べられない。仮にふたりを幼稚園に通わせるとなると、俺か海翔はどちらかが送り迎えなどで十分な時間働けなくなる。そうすると、ご飯が食べられなくなるかもしれない。それでいいか？」

「やです」と遥平がすでに半泣きの顔になっている。ご飯を食べられないのはつらいのだ。

「俺たちも一生懸命働いておまえらにご飯を腹一杯食わせてやるから、おまえらも保育園で一生懸命やれ」

心陽と遥平が「はーい」と声を合わせた。双子ってシンクロするんだな……。

書くべき書類は書き、もらうべき書類はもらい、準備すべき項目にはマーカーも引いてもらった。園長先生と和香に何度もお礼を言って外へ出たら、もう昼だ。初夏の日射しが暑い。

「しかし、『母子手帳のコピー』ってどうするんだよ」

せっかく受け入れてもらえそうだというのに、思わず愚痴《ぐち》が出た。

正式名称は『母子健康手帳』。妊娠時からの子供の健康記録で、身長体重の成長の様子を確認できるだけでなく、予防接種の記録も残されている。そもそも乳幼児期に受ける予防接種のためには母子手帳がなければいけない。男の拓斗にはそんなに大事なものだとは知らなかった。

「まあ、いざとなったら区役所で『父子手帳』を発行してくれるらしいけど」

拓斗たちは双子たちの頭の上で苦い顔を見せ合った。心陽たちの背負っていたリュックサックに母子手帳は入っていなかったのだ。

母子手帳があれば、とても重大なことも分かるはずだった。

それは、心陽と遥平の生みの母親の名前だ。そうすれば、心陽たちの母と連絡も取れるかもしれないし、何より、拓斗と海翔のどちらが本当の父親かが特定されるはずだったのだ。

しかし、心陽たちはそれよりも空腹の愚痴が先だった。

「おなかすいた」

「ふたりともよくがんばったな」

と拓斗がほめるが、遥平はもはや返事がない。

外に出てまともに戻った海翔が車を出した。

「どうした。何か食べたいものがあるのか」

遥平が小さく頷いた。小さな指で側《そば》の看板を指す。少し向こうに赤に黄色い文字のおなじみのハンバーガーチェーン店があった。

「久しく食べてないですけど、一度気になると無性に食べたくなりますよね」

と海翔も看板に惹かれているようだ。

「じゃあ、今日はハンバーガー屋で食って帰るか」

助手席の拓斗がそう言うと、後部座席の心陽が「いいの!?」と叫んだ。驚き半分笑顔半分という感じだ。遥平はと見れば、にこっと笑っている。

「おまえら、あんまりバーガーとか食べないの?」

「ぜいたくひんだから」

と心陽がませたことを言った。子供にとってはハンバーガーがごちそうなのか、と微笑ましい気持ちになる。

「安いと思うけど?」

「セットだとファミレスのやすいランチよりたかくなるのもあるから」

「……そういえばそうかもしれない」

この経済観念は母親が教えたものなのだろうか。そのときふと、この子たちの前の経済状況が気になった。シングルマザーで双子を育てていたとなると、よほど高給取りでないかぎり、経済的に余裕はなかっただろう。だったら、ハンバーガーチェーンでの食事は贅沢品だったに違いない……。

「あの店に寄りますよ」

と海翔がハンドルを切った。

「あのさ、さっきのハンバーガーが贅沢品って話は、おまえらのお母さんから?」

うん、と心陽が頷く。その横で遥平が伸びている。

「おなかすいた……」

もう少し聞きたかったが、またにしよう。まずは、お腹いっぱい食べさせてやろう。いまはまだそれくらいしかできないのだから。

「今日はがんばったんだから、許す。何でも頼め」

店の中にはそこそこ人がいたが、席は空いていた。念のために海翔に席を取っておいてもらい、拓斗と子供たちで注文する。注文の方もほとんど並ばず可能だった。

拓斗が自分と海翔の分を注文し、子供たちの食べたい物を尋ねると、遥平が「あ」と小さく呟いた。何だろうと聞き返すと、遥平の代わりに姉の心陽が答えた。

「ケチャップとかソースとか、よーちゃんはたべられないの」

「マジかよ。ハンバーガーでケチャップ抜き？」

双子たちと出会ってから何度目かの未知との遭遇だった。

「からいのとかぴくるすもダメ」

「うまいのに」

大人の拓斗がそう言っても、子供たちの舌の感覚は変えられない。結局、ふたりともチーズバーガーのキッズセットになったのだが、遥平のチーズバーガーはケチャップとピクルス抜き。かけそば並みというかパテとチーズの持ち味を生かした組み合わせになっている。ケチャップとピクルスを抜いた分、安くなるかと思ったらそんなことはぜんぜんなくて、ちょっと理不尽な気がした。

四人分の注文を持って席に着き、みんなでいただきますと言ってから食べ始める。揚げたてのフライドポテトのほっくりした食感がたまらない。その甘みと塩味が口に残っているうちに拓斗はコーラを一口飲んだ。炭酸が口腔で弾け、喉を洗う。ジャンクだ。超ジャンクなのだけど、ときどき無性に食べたくなる組み合わせだった。他で売ってるコーラと違って、このチェーン店で売ってるコーラには別種の何かが入っているのではないかと勘ぐりたくなるうまさだ。

心陽と遥平も熱々のポテトから手を伸ばし、案の定、心陽は舌をやけどしていた。

「あつい……」

「しょうがねえなあ。コーラ飲んで冷やせ」

拓斗は注文したビッグバーガーをかじる。パンとパテ、チーズとレタスと特製ソースが安定のおいしさを醸《かも》し出していた。遥平がケチャップとマスタードとピクルスのないチーズバーガーをかじっている。それでうまいのかと心配になるが、にこにこしているからおいしいのだろう。

四人ともしばらく無言で目の前のバーガーとポテトをひたすら胃の中に運ぶことに専念した。食べ終わってからも、拓斗たちはスマートフォンをいじり、心陽と遥平はおまけのおもちゃで遊んでいた。心陽の方は何かのお姫さまで、遥平の方は電車の模型だった。

その子供たちの様子を見ながら、拓斗が呟く。

「おもちゃ……」

「おもちゃ？」と海翔が聞き返した。

「そういえば、こいつらのおもちゃとかって、買ってやらないといけないのかなと思ってさ」

ふたりのリュックには、一番のお気に入りと思われるおもちゃが一個ずつ入っていただけだった。

「そうですね……。でも、うちのそばにおもちゃ屋なんてありましたっけ？」

本屋はあるが、おもちゃ屋は見かけたことがない。それに、最近の四歳児がどんなおもちゃが好きかも分からないし。

「ま、それはおいおいでいいんじゃない。食べたし、帰ろっか」

拓斗が、食べ終わったゴミを淡々とまとめる。外は涼しい風が吹いていた。胃が温まったせいか、急に寒く感じる。心陽と遥平は、おまけのおもちゃをしっかり握りしめていた。

拓斗がシャワーから上がると、リビングが騒がしかった。

「これ、はーちゅんだよ」

「こっち、よーちゃん」

「ふーん」と海翔がさして感動もなく頷いている。

どうしたのかと髪を拭きながら覗くと、大きな段ボールを広げていた。海翔の話ではさっき届いた宅配便らしい。その中身をめぐって、パジャマ姿の双子が大はしゃぎしているようだった。

心陽が笑顔で写真を見せた。生まれたばかりの赤ちゃんの写真だ。

「これ、はーちゅんとよーちゃん」

「あ?」と拓斗は間抜けな声が出た。

「こんな写真、どうしたんだ?」

「はいってた」と心陽が段ボールを指さした。

「ほかにもはーちゅんたちのふくとか、ぬいぐるみとか」

「おかしもあった」と海翔が指さす。「あとこれ。保険証関係と母子手帳のコピー」

と海翔が示した紙に、拓斗は色めきたった。

「マジかよ。これで母親の名前が――」

しかし、海翔は首を横に振る。

「ご丁寧に母親の名前だけ塗りつぶしてある」

拓斗は天を仰いだ。宅配便の伝票は名字だけで、書かれている住所はでたらめだった。双子の血液型はB型とか、ここまで予防接種はぜんぶ済ませてあるとかは分かったが。

「そっか。……じゃ、写真は?」

名前が分からなくても写真を見ればこれ以上ない証明になる。拓斗は心陽たちの写真を見ていった。新生児の、赤くてしわくちゃ顔の双子の写真。しばらくして赤ちゃんらしい顔になってきた双子の写真。おくるみで眠っているふたり。ピンクのおくるみが心陽で水色のおくるみが遥平だろう。

少しして大きくなって、ふたりで洗濯カゴに入っている写真。一歳の誕生日にケーキの前で笑っている双子。

だんだん心陽がやんちゃになってきて、遥平を泣かせているような写真もあった。

保育園の入園式に、保育園の門のところでとった写真。にっこり笑った顔がふたりとも同じ顔だ。運動会や歌の会の写真もあった。

けれども──ある程度予想はしていたが──母親の写真がない。

それは心陽たちにもショックだったようだ。

「ママのしゃしんがない」

「ママいない」

と、双子が口々に言い始めた。

「ねえ、ママのしゃしん、なんでないの？」

心陽が拓斗に口を尖らせた。

「何でだろうなあ」俺の方が聞きたいくらいだ。

「ママ――」

と、遥平が静かに涙をこぼしている。

「よーちゃん、なかないの」と心陽が叱咤するが、そうされるほどに「だって」と遥平は涙が止まらなくなっていく。そのうち、はなはなと泣いている弟の悲しみが伝染してきたのか、心陽も顔をゆがめて洟《はな》を啜り始めた。

「よーちゃん、なかない。よーちゃんがなくとはーちゅんも――うわあああああん」

「はーあちゅん……ぐすっ……ごめんなさい……ぐすっ」

双子は堰《せき》を切ったように泣き始めた。拓斗はふたりの泣き顔を見ていると、胸が苦しくなるようだった。いきなり母と離れ離れになり見ず知らずの男ふたりを頼るしかないふたりの気持ちを思うと、自分が被害者だと思っていたが、本当の被害者はこの子達のほうだ。

ハンバーガーを腹いっぱい食べさせるだけじゃない、俺がこの子たちにできることは何なんだろう。

俺は——仮に本当に父親だったとしたら——生まれてから四歳になるいままで、ただの一瞬も一緒にいなかった。双子とその母親は、ハンバーガーが贅沢品だと思うようなつつましい生活をしていたのに、知らないこととはいえ、俺は自由に生きてたのだ。食べたい物も飲みたい物も、好き勝手に。そうか。これが、俺の胸の内側にこびりついていた罪悪感の正体だったのだ。償い、という言葉はふさわしくないだろうけど、母親が引き取りに来るまでの一時的な気持ちではなく、ちゃんとこの子たちと一緒にいられることを考えなきゃ、ダメだ——。

同封されていた写真に、ふたりがまだ赤ちゃんの頃に一緒になって大泣きしている写真があった。写真ではかわいらしいだけで済むが、目の前にするとどうしていいか分からない。

「あーもう、分かったから泣き止め」

と拓斗が言うが、かえって火に油を注ぐ状態に……。

「ふたりとも泣き止んでください。このまま泣き続けるとカロリーを消費します。さっき食べたおいしかったハンバーガーのエネルギーがそちらで消費されてしまいます。それよりもふたりとも一生懸命遊んだり大きくなることにカロリーを使うべきです。いまは泣くのはやめてカロリーを温存し、さっさと寝て、明日の鋭気を養うべき――」

「海翔、すげえ分かりにくい」

拓斗が突っ込むまでもなく、心陽と遥平の心に海翔の遠いところから論理立てた話が届くわけもなく……。

かくしてふたりは泣き疲れてリビングで寝てしまった。

拓斗が心陽を、海翔が遥平を抱いて、拓斗のベッドに寝かしつける。

「どうして子供というものは合理的な説得を受け入れないのでしょう」

リビングに戻って写真や段ボールの中身を整理しながら、海翔がぼやいた。

「合理的に聞き分けたら子供じゃないだろ」

「なるほど。兄さん、子育てに向いてますよ」

「うっせ」

双子たちの写真をもう一度手に取りながら、拓斗は考える。

心陽たちを自分たちのところへ送り出し、一日遅れで洋服や社会保険関係の足りない物を送りつける。ここまでするということは、少しの間預けるということではどうやらないらしい。写真を見ても、この子たちを嫌って手放したわけではないのは分かる。むしろ、強い愛情を感じる。それでいながら、子供を自分の手元から離すなんていう無茶苦茶な行動に出る……そんな女性が自分の元カノに何人いるか――。

「ところで兄さん。この家に荷物が届いたってことは、相手の女の人はここの住所を知ってたのですよね？」

「そうなるな」

「僕、基本的に家に彼女を連れてこないけど、兄さんはちょくちょくこの部屋に彼女を連れてきてましたよね？」

海翔の言いたいことは分かったが、拓斗はあえて違う答えを言った。

「探偵とか雇えば、誰だって俺たちの部屋の住所くらい分かるだろうよ」

「そこまでしますかね」

「子供をいきなり俺たちのところへ送り込む人間だぞ」

嘘である。少なくとも拓斗の中ではふたりの母親は彼女なりに愛情のある人間だと信じていた。そうでなければ、双子があんなに泣くものか。けれども、自分がどうしたらいいのか、これからすることが正解なのかまだよく分からない。

もしかしたら、これはただの独りよがり、もしくは気の迷いなのかもしれないけれど……拓斗はある決心を固めていた。

「まあ、そうだけど」と海翔は引き下がった。

拓斗はあくびをしながら、冷蔵庫から牛乳パックを取り出して、自分のコップに注いだ。一気に飲み干す。口の周りを拭った拓斗が一息ついた。

「ふう。……明日、会社に行ったら異動願いを相談してくるよ」

「え？　いま、何て？」

海翔が目を丸くした。何度か瞬きをし、何度も口をぱくぱくさせる。普段は表情の変化に乏しい海翔のこんな顔を見られたら、独りよがりでも気の迷いでも、どうでもいいような気もした。

「異動だよ、い・ど・う」

「何もそこまでしなくても。母親が迎えに来るまでの間の辛抱ではないですか」

拓斗に苦笑がこみ上げる。海翔が言っているのは、ついさっき、ママの写真がないと泣いた双子たちの顔を見るまでの拓斗の本心でもあったからだ。

「保育園だからといって、送り迎えのことを考えたら営業職でいままで通りの働きをするのはちょっと厳しいからな」

拓斗が笑顔でそう言った。何かが吹っ切れたような感じだった。すっきりした笑顔の拓斗と対照的に、海翔は苦いものを口いっぱいに含んだような表情をしている。

「兄さん、それでいいんですか？」

「いいんですかって、変なこと聞くなよ。さ、明日から保育園だろ？　荷物準備しないとな」

海翔が視線を落とした。小声で言う。

「兄さん、父さんが死んだときと一緒なんじゃないですか？」

「あーあ、俺もそろそろ営業は身体がしんどいと思ってたからちょうどいいや」

拓斗は海翔の言葉が聞こえない振りをした。

拓斗の目はリビングの壁を突き抜けて、ベッドですやすやと眠る双子を見つめている。心陽たちがやってきて二日目。拓斗の心にかすかに心陽たちがいる生活の実感が湧き始めようとしていた。


翌朝、さっそく心陽たちを保育園に連れていった。

と、簡単には行かなかった。実際の入園の前にまだ〝格闘〟が残っていたのだ。

時間は昨日に戻る。疲れて眠ってしまった双子を残してリビングに戻り、園長先生からもらった資料を見ながら準備をしていて、保育園とはこんなに準備が大変なのかと拓斗と海翔は心が折れそうになった。

ハンカチ、ティッシュくらいの持ち物だろうと思っていたら、全然違った。

手拭きタオルが何でこんなにいるのだ。

子供用の上履き、体操着、コップ、箸、スプーンにフォーク。そんなもの、男兄弟の家にあるか。

暑くなってきたから水筒持参。大事だと思うが、今日びは水道の水ではないのか。

とりあえず、買い出しが必要なものをリストアップすると、海翔が車で店を回ってくるよう送り出した。

三時間後。

「兄さん、やっと揃いましたよ」

「サンキュー」

「おかげさまで、ご家庭の主婦並みにどこで何が売っているのか詳しくなった気がします。あと夕飯に弁当を人数分買ってきました」

ちょうど双子たちが起きて、夕飯が何かと質問を受けていたところだった。

夕飯が終わっても、苦闘は続く。

「持ち物ぜんぶに名前を書けだと？　箸にどうやって書くんだ？」

「兄さん、どうやら幼稚園とかだと事前にお名前シールを作ってくれるところもあるみたいですね。みどり保育園でやってるか分かりませんけど、うちは中途入園だし、いきなり明日からだから無理でしょうけど」

名前を書くのに油性ペンもなかった。シールはあった方がいい。海翔がまた買い出しへ出た。戻ってからこつこつと名前を書いたりシールを貼るのだが、字が大きい拓斗には苦行だった。

「よし、心陽の分終わったぞ」

「遥平の分もよろしくです。僕はふたり分の提出書類を書いていますから」

「分かった。……やべっ、遥平のタオルに〝心陽〟って名前書いちゃった」

そのせいでせっかく買ったハンカチに不足が出た。もう店も開いてないだろう。足りない分は拓斗のハンカチで代用する。もし、おじさん風なハンカチを友達にからかわれてイジメに発展したら、と心配になる。

ふたりの服にも名前を書かなければいけないらしいが、ある程度は送られてきた段階で母親が書いてくれていた。前の保育園でも必要だったから書いたのだろうか。

双子が寝ても作業は続き、深夜になれば作業効率が落ちて休憩時間も必要になり。すべての準備が終わったときには、東の空が明るくなっていた。

「兄さん、お疲れ」

「海翔も、お疲れ」

「ちょっとでも寝ないとダメなんで、寝ます」

「俺も」ちょっと寝るわと言って横になりたかったが、いま寝たら絶対に寝過ごす。

徹夜の疲労と妙なテンションのまま朝を迎え、みんなを起こした。

朝、家を出るときは心陽も遥平もむずかっていた。心陽はむっつりと、遥平はぼーっと、朝の支度を嫌がるのだ。

「兄さん、じゃあ、僕は大学へ行くね」

「ああ、行ってこい。さて双子ども、今日からおまえたちも保育園に行かなきゃダメなんだからな」

そんな言葉で子供の朝の身支度が終われば苦労はしない。

「やだ」

「……………」

双子の抵抗に、拓斗はなだめすかし、時に怒ってみせたが、頑として通じない。

「分かった」

拓斗は〝双子〟の説得をあきらめた。遥平にだけ——しかし、心陽にも聞こえるように——ささやきかける「……保育園に行けば今夜はごちそうだ」

遥平の頭の上に〝!?〟というマークが浮かんだ。心陽が焦った顔になる。

「ごちそう？　なに？」

「そうだなぁ……。お刺身なんかどうだ」

「おさしみたべたい」

「よし、決まりだな」

拓斗は心陽を見下ろした。

「こいつは保育園行ってお刺身だ。おまえはどうする？」

「…………はーちゅんもいく」

刺身で買収した遥平と不承不承《ふしょうぶしょう》の心陽も引き連れて、保育園へ向かった。

今日からは電車で保育園に行く。最寄り駅から一駅だけ乗って降りる。いつもと違う朝で不思議な感じがした。みどり保育園に着くともうすでに何人もの母子がやって来ている。手続きを確認していると、さっそく賑やかな子供たちの声がする。

「ほら、みんな楽しそうに遊んでるぞ。ふたりとも、すぐ仲良くなれるって」

すると早速、心陽と同い年くらいの女の子がひとり、心陽の手を引いた。

「あそぼ」

「え……？」

心陽が拓斗を振り返った。心陽の大きな黒い目が不安そうに揺れている。拓斗の会社にひとりでやって来たときの心陽よりもなぜか小さく見えた。

拓斗はしゃがみ込んで心陽の肩に手を置いた。

「そんな顔するなよ。何か困ったことがあったら保育園の先生に言えば大丈夫だから。仕事をなるべく早く終わらせて迎えに来るから。な、いい子だから」

「…………うん」

心陽の手を引いていた女の子が改めて「いこう？」と誘う。心陽は弟の手を強く握りしめて「うん」と頷くと、その女の子に連れられて奥へ入っていった。しばらく拓斗は様子を見ていたが、心陽は次第に笑顔になっていく。遥平も心陽にくっついて一緒に遊び始めた。何とかなりそうだ。必要な手続きを終え、くれぐれもよろしくお願いします、と園長先生に頭を下げると、拓斗は会社へ急いだ。


会社へ着くと、隣の席の戸塚がにやにやと笑っている。

「昨日は有給、今日は重役出勤。いいっすねぇ」

「うっせ」

さて、課長にどう話そうかと考えていると、先に課長が声をかけてきた。別室に呼ばれ、席に着く。普段、商談などで使う部屋だが、先に誰も使っていなかったからか、妙に寒々しかった。

「いろいろと大変だったみたいだね」

「あ、ええ。ありがとうございます」

課長からいきなり叱責《しっせき》されるものと思っていた拓斗は拍子抜けした。けれども、まだ気は抜けない。これからおもむろにお叱りに変わるかもしれないからだった。

しかし、その後も普通に拓斗をねぎらう言葉が続く。ひょっとしてこれは、拓斗から切り出すのを待っているのだろうか。男女の違いがあるとはいえ、育児を理由に叱ったり配置換えしたり、場合によってはリストラをするなど、さすがに大企業に分類されるこの会社ではできないだろう。

「あの、課長。——異動をお願いしたいのですが」

と拓斗が話すと、課長はちょっと目線を落としてため息をついた。

「……そうか」

「あの、これは俺の意志なんで」

課長がいぶかしげに拓斗を見返す。拓斗としては、課長のせいではないですよというつもりだったのだが、課長はため息を返してきた。

「まあ……。人事規則的にはその方がいいのだろうけど。そういうのを抜きにしても俺もそれを止めないし、むしろその方がいいかもしれないと思っている」

「そうでしょうね」

ずいぶん指示語が多いなと思う。課長としても自分の処遇を持て余していたのだろう。子供を理由に会社側が部署異動させたりするのは微妙な問題をはらんでいた。拓斗の方から言ってくれたので、課長としては助かったところがあるのだろう。

「結局、あの子はおまえの子供だったのか」

これには拓斗は返事に窮《きゅう》した。けれども、ちょっと悩んで、「たぶん、そうです」と答えると、また課長はため息をついた。

「だったら……子供は大切にした方がいいぞ」

「はい」

「会社も大事だし、仕事をしなければ給料がもらえないし、食っていけないのはその通りだけどさ。会社は何にもしちゃくれないんだよ」

課長の言葉が妙な方向にずれ始めている？

「はあ……」

「奥崎、俺が離婚してるのは知ってたっけ？」

「えっと、噂程度では」

もともと、社内のゴシップにあまり興味はないのだ。

「俺も若い頃は仕事第一で突っ走ってきたんだけど、何がいけなかったのかねえ。いつしか娘には口も利いてもらえなくなって、誰の稼ぎで食わせてもらってんだって何くそと思ってたら、娘の成人のときに妻から離婚届を突きつけられたよ。思い当たる節があるといえばあるし、そのくらい男なら誰でもやってるよと文句のひとつも言いたいけど」

「大変、でしたね」

言葉があまり見つからない。

「ひとりはひとりで身軽だけどさ。灯りのついていない部屋にいい年したおじさんがひとりで帰っていくわびしさは、つらいもんだよ。まあ、俺だけかもしれないけどな」

どういう理由か、詳しく話さなくてもいいから子供を大切にしろと課長は言っているのだった。ひょっとしたら、課長は拓斗が言っている「子供たちの母親が分からない」というのは嘘で、体よく女に逃げられ、子供を押しつけられたと妄想しているのかもしれない。その方が課長にとっては自分と重なるところがあって現実味があったのだろう。

どこへ異動したいのかと問われ、拓斗は用意していた台詞《せりふ》を答えた。

「これまでの経験を生かすためにも、営業総務部に行かせてもらえませんか」

拓斗の会社の営業総務部は営業のサポート部門であり、予算管理の他、サンプルの発送や取引条件のすりあわせなどの精査なども担っている。簡単に言えば〝外に出ないセクション〟ではあるが、たいていの場合、定時で帰れる。拓斗にはそれが大事だった。ただ、それをいきなり言うのはさすがに憚《はばか》られたので、これまでの営業経験で営業セクションを支えますと言ったのだった。

それに、営業職である拓斗は営業総務部とも接点がある。知らない仲ではない。小学生前後の子供のいる女性がふたり所属しているのも知っていた。もっと大きな子供を持っている女性もいるみたいだし、その意味でもいまの拓斗には望ましい部署だった。

「分かった。たぶん大丈夫だろう」

「よろしくお願いします」

仕事上の礼儀だけではなく、心からの想いで拓斗は頭を下げた。

「俺、男だから分かんないけどさ、あそこのお姉さまたちなら子育てについてはいろいろ聞けると思うから相談したらいいと思うよ」

「そうさせていただけたら、うれしいですね」

そこで一拍おいて、課長が付け加えた。

「あとサンプルの冷凍食品、いままで通りいくらでも持って帰っていいから」

「マジすか。ありがとうございます」

笑顔になった拓斗に、課長は苦笑した。

「おまえ、分かってないだろ」

「はい？」

課長がひそひそと補足してくれた。

「いくらでも持って帰っていいけど、これからおまえがメインで持って帰るのは、調理済みの冷凍食品じゃなくて、冷凍野菜とか業務用の肉とかだからな」

「はあ……」

出来合いの冷凍食品は便利だ。チンすればそれで食べられるのだから。けれども、課長はそれではダメだと言っているようだ。

「離婚したあと、娘は俺じゃなくてカミさんについてったんだけど、その理由が〝お母さんの方がおいしいものを作ってくれるから〟だったんだよ。お袋の味には勝てねえよ。分かるか？　それだけメシは大切なんだよ……」

聞いてもいない情報を付け加えるのは、やっぱり慰めてほしいからなのだろうけど……どう声をかけていいか見当もつかない。課長なりに自分を慰めてくれようとしている気持ちは分かるけど。しなびている課長を見ながら、「ご忠告、痛み入ります」と拓斗は頭を下げるくらいしかできなかった。

その日のうちに、拓斗の異動は決まった。

異例の早さには理由があった。それは、拓斗が今日から早速保育園の送り迎えをしなければいけないと話したからだ。おかげで人事がすんなり動き、引き継ぎは残るにしても所属自体は営業総務部に即日異動となり、拓斗は新卒初日の数日以来、本当に久しぶりの定時退社を頂戴していた。

これまでが遅かったから、定時帰宅は何だか儲かったような気がする。

少し上向きの気持ちで保育園に心陽たちを引き取りに行った拓斗は、朝、心陽たちを預けた園長先生を見つけると、愛想よく「引き取りに来ました。ありがとうございました」と頭を下げた。はいはいと園長先生が奥へ心陽たちを探しに行く。

その間、保育園には次々と仕事帰りの母親が我が子を迎えに来ていた。二十代から四十代くらいまで、幅広い年齢層だった。みんな大変だな、と思う。

あんまりじろじろ見るのも失礼だろうと、拓斗は保育園の中に目を向けた。

拓斗の声に気づいた和香が笑顔で頭を下げる。拓斗もつられて大きく頭を下げた。

子供たちからするりと抜けて、和香がまたしても学生時代の思い出のままの笑顔でやって来る。俺は夢を見ているのか。心陽や遥平のことも夢だったのではないか……。

心陽と遥平を連れてきた保育士が、拓斗と和香の様子を見て、目を何度かし瞬かせた。

「あれ、和香先生と奥崎さん、知り合い？」

「ええ。幼なじみで」

その横で、笑顔だった心陽がみるみるうちに憮然《ぶぜん》とした顔に変わっていった。

「え、ああ、まあ。ははは」と拓斗が意味なく頭をかいていると、心陽が寄ってきて拓斗の足を思い切り踏んだ。

「たくと、きらい。バカ」

「ってえな！　何すんだよ！」

「わかせんせいに、はなのしたのびてる。へんたい」

拓斗たち大人が心陽の言葉遣いにびっくりする。心陽たちを連れてきた先生がにやっと笑って心陽に尋ねた。

「ひょっとして心陽ちゃん、パパが和香先生見てたんでやきもちを焼いちゃったかな」

「やいてない！」

心陽は、ふんっとわざとらしく鼻を鳴らして、遥平の横に戻る。遥平は呆然《ぼうぜん》としている。図星らしい。拓斗はといえば、心陽のやきもちにどう対処していいか分からず、困ってたじたじになっていた。

「ふふふ。ほんと、心陽ちゃん、小さい頃の拓斗くんにそっくりね」

「俺、こんな生意気じゃなかったぞ」

「本人は忘れているものよ」

女神のような和香の横で、心陽があっかんべーをしている。むかつく。しかし、和香の手前、堪えなければ……。

拓斗は引きつる笑顔で遥平の手を引いた。

「さ、さあ、ふたりとも先生にさよならして帰ろうか」

「さよーなら」と遥平が頭を下げる。

しかし、心陽は言うことを聞かなかった。

「たくと、きらい。ママとくらべてくさいし」

「くさいって……てめぇ」

初恋の人を前にして何てこと言ってくれるんだ。

心陽のかんしゃくに、和香はころころ笑っている。園長先生が言った。

「ふふ。環境が変わったことによる一時的なものだと思いますよ」

「そうなんですか」

「ええ。今日、とってもいい子でしたよ」

目の前のきかん坊からは想像もできない。

「…………」

いまもそっぽを向いている。

「心配ありませんよ。さっきまでずっと〝パパはまだかな、パパはまだかな〟って言ってましたから」

心陽がそんなことを――。拓斗は胸が熱くなった。

「いってないもん」と拗《す》ねている心陽も何だかかわいく見えてくる。

「――心陽ちゃん、遥平くん、また明日会いましょうね」

園長先生の笑顔に送られて、心陽と遥平の初めての保育園が終わった。

「おさしみ」

「うん？　ああ、そうだったな。お刺身買って帰ろう。――それからおまえも、機嫌直してくれよ」

「ふん」

遥平は晴れやかな顔になったが、心陽はまだぶすっとした顔をしていた。そのくせ、手は握って離さない。小さくても女なのだろうけど、どうにも女心は分からん。拓斗は心の中で苦笑するだけだった。


朝起きて、子供たちを起こして、海翔たちと心陽たちと四人で朝ご飯を食べる。身支度を整え、出勤。一駅電車に乗って心陽たちを保育園に送り、帰りに保育園に迎えに行く――。この新しい一日の形が、二日、三日と重なるにつれて、だんだん、拓斗と海翔も慣れてきた。心陽も遥平も、朝、起こさないとなかなかベッドから出てこないが、夜、枕が違うから寝られないというよりはよほどいい。

心陽も遥平も、拓斗たちを下の名前で呼んでいた。遥平は「たくとにいちゃん」「かいとにいちゃん」と言っていたが。まだパパと呼ぶには照れもあるのかもしれない。拓斗たちとしても、パパと呼ばれたときに拓斗と遥平のどちらを指しているのかまだ分からない現状では、その方が分かりやすいのも事実だった。

心陽たちも保育園にだんだん慣れていった様子で、引き取りのときに園長先生や和香から「元気に遊んでいる」と教えてもらっていた。ひと安心だ。

夜、シャワーから出て、ご飯の用意をする。心陽と遥平の食器もちゃんと買った。夕食にはだいたい海翔も戻ってきていて、四人でご飯を食べる。そうしていると徐々に心陽も遥平も、自分から保育園の話をするようになってきた。

「きょうはぶろっくあそびしたの」

「おにんぎょうあそびした」

保育園の話をするふたりの表情が笑顔なので、拓斗も海翔も胸を撫で下ろす。

たくあんをぽりぽりかじりながら褒めてやると、海翔も遥平の頭を撫でていた。

「へー、よかったな」

「仲良くするのはいいことです」

「ふたりとも保育園が好きなんだな」

心陽は少し考えるような顔をした。

「たくとも、ほいくえんすきなほうがいい?」

「まあ、楽しい方がいいもんな。何だ、楽しくないのか?」

「ううん。たのしいよ」

保育園の出来事を話すとき、心陽はお姉さんらしく、遥平の記憶違いも指摘していた。遥平はそのあたり、いつものように鷹揚《おうよう》としている。ときどき、ふたりで急に保育園で習った歌を歌い出したり、踊り出したりしていた。最初は驚いたけど、それも子供らしくていい。

「保育園に行かせてよかったな」

心陽たちが喜んでいるのを見て、拓斗はうれしくもなり、安心もした。

保育園のおかげか、心陽も遥平も少しずつ明るくなってきたように思う。初対面があぁだったせいで、どんな嫌がらせかと思っていたけど、案外いい子たちなのかもしれない。食事もきちんと食べるし、あとかたづけも手伝ってくれる。双子同士でおもちゃで遊んだりして楽しくやっている。遊んでくれと大騒ぎするようなことはなかった。心陽がときどき気が強いような発言をしたりするけど、夜寝るときは弟と一緒でなければ嫌がったりしてかわいらしい。まあ、心陽が拓斗に反抗的なのはあれだ、女の子特有のパパ嫌い感情の表れだと思えば、そういうもんだとも思えてくる。

相変わらず母親不明なのは気になるし、手がかりはなかった。

その代わりと言ってはなんだが、ありがたいことに和香が何かと気遣ってくれた。保育園で足りない持ち物や、子供が好きな食べ物を教えてくれたり。保育園での子供たちの〝流行り〟などという、男ふたりだと気づけない部分を教えてくれたりした。

返す返すもありがたいと思う。

ありがたい、のだが……。

和香がこんなにも世話を焼いてくれる理由は、何なのだろう。単に彼女のやさしさなのか、それとも俺にまだ気があるとか……？　拓斗としてはそんなふうに考えてしまう。

いや、そんなことを考えている状況ではなかった。

とにかく今日が何とかうまくいけば、明日も何となくうまくいくのではないか――その繰り返しで当分はやっていけそうな気がしていた。

だけど――。

拓斗の気持ちのどこかで、和香のことではなく双子のことで引っかかるものがあった。

その違和感の正体は、思わぬ形で突きつけられることになるのだった。

保育園に通い始めて十日くらいしたある日の昼間だった。

営業総務部で慣れない数字の打ち込みに四苦八苦していた拓斗のスマートフォンに着信が入った。保育園からだ。仕事中だから無視しようかと思ったけど、保育園からの電話が初めてだったので気になった。

「はい、奥崎です」

『こちら、みどり保育園の野々宮です』

「ああ……和香か」

不意にこそばゆい気持ちになり、拓斗は身体をひねって話し口を手で覆うようにした。

『昼間のお仕事中にごめんなさい』

和香の声が張り詰めている。今日は非番なのでデートでも、みたいなお誘いの話ではなさそうだ。

「いや。……どうしたの？」

『心陽ちゃんがすごく具合悪そうで、熱を測ったら三十八度五分もあって』

「え？　心陽が？」

拓斗は耳を疑った。朝、久しぶりにむずかっていたけど、すぐにいつも通りに元気になったはず――。

しかし、続く和香の言葉が拓斗の頭を強く殴りつけた。

『心陽ちゃん、朝来たときから少し具合悪かったみたいで』

「え――朝から……？」

本当に朝から具合が悪かったのか？

俺の目にはいつもの生意気にしか見えなかったのに。

『他の子にうつるといけないし、病院にも連れていってあげた方がいいと思うんで、いまからお迎えに来てもらうことは可能ですか』

和香の言葉が、反論しようとしていた拓斗の言い訳を粉砕《ふんさい》する。

そう。言い訳だ。何を言っても言い訳だ。

俺は一体何を見ていたんだ——？

拓斗は「いまからすぐ行きます」と告げて電話を切ると、新しい部署の上司に早退をお願いし、海翔に電話した。

「海翔、海翔か」

『僕の携帯にかけているんですから、僕に繋がります』

「心陽が熱出したって。超高いんだよ。俺、いますぐ保育園行くんだけど、おまえも来てくれないか」というようなことを言った気がする。細かい内容は覚えていない。海翔も来てくれるという返事は覚えている。

電車に乗っている時間ももどかしく、拓斗は保育園の近くの駅に着くと一目散に走った。

保育園に着いた拓斗に和香が気づく。

「あ、拓斗くん」

「和香。あの子は、心陽は——!?」

拓斗は無意識に和香の両肩を掴んで揺さぶっていた。

「大丈夫。いま奥で横になってるから」

和香の話では昼も満足に食べていないらしい。

和香の案内で、保健室で寝ている心陽のところへ拓斗は急ぐ。

いつもは憎まれ口を叩いたり、元気に遊んでいる心陽が、ベッドの上でぐったりしていた。熱に浮かされている心陽は妙に小さく見える。

「おい、おまえ。大丈夫か!?」

ベッドに拓斗が駆け寄ると、心陽がぼんやり目を開けた。

「……なさい」

「あ?」

「ごめんなさい――。おねつだして、いいこじゃなくて、ごめんなさい……」

心陽のか細い声が拓斗を打ちのめした。

熱で上気し、涙ぐんだ心陽の顔を見ていられない。

――いや、そもそも俺は心陽の何を見ていたのか。

心陽はどんな顔で笑うんだったたっけ。

何が「保育園に行かせてよかったな」だ。

心陽が一生懸命、保育園のことを話すとき、俺は心陽の方を見てすらいなかった。

娘の話に、たくあん噛みながら、目も合わさない〝パパ〟なんていてたまるか。

あのときも、あのときも、あのときも――。

俺はともすれば、心陽や遥平がいなければって心のどこかで思ってたんじゃないか。子供のために何で犠牲にならなきゃいけないのかって、被害者づらして。心陽たちのために営業から異動願いを出したときだって、「子供のためにエライな自分」と酔っていたんじゃないか。

本当の被害者は子供たちの方なのに。

俺、こいつらの気持ちに目を向けようともしていなかった。

心陽は、言いたいことが本当はいっぱいあったんじゃないか。さみしいとか、ママに会いたいとか、もっともっと言いたかったんじゃないか。でも、心陽はひとことも言わなかった。

心陽はただ、いい子だったのではないのだ。〝いい子〟になるしかなかったのだ。俺が心陽を見ないから、心陽の声に耳を傾けないから、我慢しなきゃって追い詰めて——言えなくさせてたんだ。

拓斗は、心陽の身体を抱き起こし、しっかり抱きしめた。火のように熱い心陽の身体。その小さくて柔らかくて頼りない身体に、収まりきれない悲しみを詰め込ませてしまった自分の罪を、拓斗はひたすら謝り続けた。

それからすぐに海翔も来てくれた。そのおかげで拓斗は少し冷静になった。少し早いが、遥平も今日は一緒に帰る。心陽を連れて病院へ行くと、ただの風邪だろうとあっけなく診察が終わった。

その言い方に、拓斗が食ってかかる。

「ほんとにただの風邪なんですよね？　こんなに熱くて苦しそうで、他の病気の可能性はないんですよね!?」

海翔が「兄さん、落ち着いて」となだめるが、落ち着いてなんていられない。自分や海翔の熱ならともかく、心陽の熱なんだぞ。

薬を処方されて家に戻ると、何はともあれ拓斗は心陽を自分のベッドに寝かせた。

「何か食べたいものはあるか」

空っぽの胃に薬を飲むのはよくないだろうと思ったからだ。浅い息を繰り返す心陽がぼんやりと「スープ……」と答えた。そばで遥平がいまにも泣きそうになりながら、心陽を布団の上からさすっている。

心陽の要望に応えるべく、拓斗は台所に行った。確か、ワカメスープとかコーンポタージュとか、インスタントのスープがあったはずだ。

「あった」と、見つけたインスタントのコーンポタージュを作ろうとして、拓斗の手がふと止まった。

「兄さん、どうしたの？」

いぶかしげに海翔が覗き込む。

「心陽がスープ飲みたいっていうから用意しようと思ったんだけどさ。……海翔、俺より料理うまいよな?」

「自分が食べたい物を作っているだけですけど」

拓斗は少し考えて、大きく頭を下げた。

「頼む！ 心陽のためにあったかいスープ作ってやってくれ」

「いまからですか?」

「おまえ、合理的な話が通じない子供はほんとは苦手かもしれないけど、頼むよ。この通りだ」

拓斗の鬼気《きき》迫るような勢いに、海翔が少し引いている。

「……確かに、合理的な知的会話が成り立たない子供は苦手ではありますが」そこでいったん言葉を切って、海翔は腕を組むと愚兄に苦笑した。「心陽と遥平を嫌いだなんて、僕はひとことも言ってませんよ」

拓斗が持って帰ってきていた業務用の冷凍野菜を使えば時間短縮になる。海翔が冷凍野菜では足りない野菜の準備や味付けをしようとすると、拓斗は思わず声を上げた。

「海翔！」

「はい?」

「やっぱり、俺が味付けしたい。味見してくれ」

大きい鍋にジャガイモやニンジン、スライスしたウインナーなどを入れ、コンソメを入れて煮込んでいく。拓斗はおっかなびっくり味見をくり返しながら、さらに塩こしょうで味を調えていった。

「味、薄くないかな」

「子供たちも、薄い方がお腹にやさしいのではありませんか」

拓斗はまじまじと海翔を見つめた。

「よ、よく知ってるな、海翔。女にモテるはずだ」

「料理のできない兄を持ったおかげです」

出来上がったスープを拓斗は恐る恐る心陽に飲ませた。

心陽がうにょうにょ口を動かす。

やっぱりおいしくなかっただろうかと絶望しそうになった拓斗の耳に、心陽の小さな声が届いた。

「もっと、たべたい……」

拓斗は笑顔になった。

「そうか！　そうか、そうか！　ははは。よかった。いっぱいあるから、いっぱい食え！　そしたら、風邪なんてすぐに飛んでっちゃうから」

「いきなり食べすぎると気持ち悪くなるからほどほどに」と海翔が冷静に補足した。

リビングでは遥平が一生懸命スープを食べている。

「たくとにいちゃん、かいとにいちゃん、おかわり」

「おう、おまえもたくさん食べろよ！」

その夜、薬を飲んだ心陽はすやすやと眠っている。風邪がうつるかもしれないからと言ったのに、遥平は心陽を守るようにぎゅっと手を握って一緒に眠っている。

拓斗は心陽の寝顔をじっくりと見つめた。

——泣いて、笑って、怒って、拗ねて、やきもちを焼く、そんな心陽のままでいさせてやりたい。何も我慢なんかしなくていい。

何にもできない自分みたいな父親を、会ったこともなかったこんな俺を、父親だと小陽は頼ってくれているのだ。その想いに応えるには、自分自身がまだまだ子供だけど……応えてやりたい。いや、応えさせてほしい。

これまでおざなりにしか向き合ってこなかった時間の分まで。自分の心に焼き付けるように。ただただ、小陽の寝顔をずっと見つめ続けた。

翌日の昼には心陽の熱は下がった。薬がよく効いたらしい。

しかし、遥平に風邪がうつり、熱を出してしまったのは予想通りの事態だった。

第二章　大きな手、小さな手、ハンバーグをこねる手

『もしもし?』

「ああ、兄さん。お腹が空きました」

『すまん。今日に限って急な書類の直しが出てさ』

拓斗の声が焦っている。嘘ではないらしい。

「いえいえ。『心陽も遥平も元気になったから、お祝いに回転寿司に行こう』なんて大見栄切って、財布が心配になって敵前逃亡ですか」

『違うって。マジで仕事が終わんねえんだよ』

「……などと容疑者は供述しており」

海翔が平板な声で言うと拓斗が叫んだ。

『信じろよ!』

「兄さん、僕は今晩に備えて昼ご飯を抜いているんです」

『海翔も空腹だったか。俺も忙しくて昼は食ってねえよ』

「僕だけではありません。遥平なんか瞳孔《どうこう》が拡散しています。回転寿司に行く約束を信じて、じっと待っているんですよ」

海翔との電話の向こうに、お腹を空かせた双子の視線を感じて拓斗はうなだれる。

『……それはマジですまないと思う』

電話の向こうで拓斗の声がしょんぼりした。先日の心陽の発熱以来、どういう風の吹き回しなのか、やたらと兄の拓斗は心陽たちがらみとなると非常に弱い。いつもわがままで気ままな拓斗ばかり見てきた海翔としては、苦笑を禁じ得ない。

心陽の風邪がすっかり治り、心陽からうつった遥平も元気になって数日後、全快祝いに駅前の回転寿司に行こうと約束していたのだ。ところが、拓斗の部署でトラブルが発生して今日一日パニック状態。あと少しで終わると思うのだが、予定の時間をすでに過ぎている。そのため、拓斗が会社のトイレから海翔に電話してきたようだった。

海翔の横で「たくとのバカっ」と心陽が叫んでいた。その横で、相変わらず遥平の魂が抜けかかっている。

「あとどのくらいですか」

『あと十分、いや二十分くらいで出たい』

海翔はスマートフォンから耳を離して、双子の様子を一瞥した。

「……分かりました。先に回転寿司に行ってます」

『そうしてくれ』

海翔は再びスマートフォンから耳を離すと、わざとらしく遥平たちに声をかけた。

「おーい、子供たちー。高いお皿食べ放題」という海翔の声に双子たちの目に生気がよみがえった。

「遅れてくる兄さんがお詫びにぜんぶ払ってくれるってー」

スマートフォンの向こうから、『てめえ、ふざけんじゃねえ』という拓斗の叫びが聞こえてくる。海翔は、スマートフォンを持ったまま耳に戻さないで、「よろしくー」といつもの平板な声で告げて、通話を切った。

「はやくいこう、かいと」

心陽が海翔の服の裾を強く引いた。

「じゃあ、行きましょう」

するど、遥平が海翔の袖を小さく引っ張る。

「さきにいっちゃっていいの？」

「いいんですよ」

「でも――」

遥平がいつもの八の字眉をさらに垂らしていた。さっきまで、いつ倒れるのではないかというほどぼーっとしていた遥平が、拓斗が来ないのに回転寿司に行っていいのかと心配している。

海翔はしゃがみ込んで、遥平と目を合わせた。

「心配しなくていいですよ。食べにいきましょう」

遥平は双子の姉を見た。心陽が「たべよ？」と応える。

「うん。いく」

遥平が安心したような笑顔になった。その笑顔に少し苦笑しながら、海翔は立ち上がった。双子たちがとことこと玄関に向かい、靴を履く。海翔は念のためにもう一度、自分の財布の中身を確認してから家を出た。

数日前、双子の熱が下がってから、海翔と拓斗、子供たち四人でリビングでじっくり話し合ったのだ。「ふたりとも、いままでごめんっ」と突然、拓斗が頭を下げたときには、双子たちだけではなく、海翔もびっくりしたけれど。

まさか、四歳児相手に兄さんが頭を下げるとはね、と海翔はいつも通りのポーカーフェイスの下でおかしくてたまらない。

結果、遅まきながら拓斗、海翔、心陽、遥平の四人で暮らしていくためのルールを決めた。といっても、拓斗たちはほとんど変わるところはない。大人は力があるから。むしろ、子供たちの権利を守るために、ルール決めをした感じだった。

・言いたいことはちゃんと言う。
・わがままは言った者勝ち。
・食べたい物は食べたいと言う。
・できないこともあるけれど、そのときはお互いの冷静な話し合いで調整しよう。

これらのルールを決めるとき、ほとんどは拓斗と心陽の話し合い——というか、いがみ合い——で決めていった。

その適用第一弾となったのが、遥平による「おすしがたべたい」だったのだ。

拓斗の勤め先は冷凍食品の卸で、上場もしている。おかげで、たいていの食べ物はサンプルとして冷凍食品で手に入る。だが、刺身はともかく、寿司だけはどうしようもなかった。そういえば、自分も寿司だけは外で食べるなと海翔も思う。カウンターで食べるような高い寿司ではなく、やはり回転寿司だけど。

そういうわけで念願の回転寿司に相成ったわけだが。

アパートを出て最寄り駅前にある回転寿司の店舗に近づくにつれて、双子たちのテンションが上がっていった。

「おーすーし。おーすーし」

「おーすーし。おーすーし」

心陽と遥平のふたりが一緒に歌い、不思議な踊りをしている。上下左右に動かす腕の動きは何を象徴しているのだろうか。ラジオ体操第二に似た動きがあったように思うが、四歳児がするにしては渋すぎる。しかもテンションの上がる動きではないだろう……。そもそも、何がそんなに楽しいのか海翔には判然としないが、たまの寿司として、笑顔なのはいいことだ。

「はーちゅん、まぐろがいい」

「よーちゃんは……さーもんとほたて」

双子が食べたいネタを言い合っている。

「あと、フライドポテト」

「ふらいどぽてと、はーちゅんもたべたい」

遥平のチョイスが意外と楽しかった。

最近の回転寿司は〝寿司〟以外にもメニューが豊富だ。寿司と一緒にフライドポテトなんて、高級寿司店では絶対にあり得ない組み合わせだった。しかし、回転寿司のフライドポテトは結構うまい。

相変わらず歌って踊っていた双子のうち、遥平がふと静かになった。海翔を見上げている。

「どうしましたか?」

「……かいとにいちゃんはなにがたべたいの?」

「そうですねぇ」

少し考えながら、海翔は視線をさまよわせた。

「おすし、きらい?」

遥平の眉が悲しげに垂れる。

「そんなことないですよ」と海翔が平板な声で答える。

「じゃあ、なにがすき?」

「いわしとかいいですね。あと、おいしいラーメン」

すると、遥平の顔がぱっと明るくなった。

「らーめんもたべたい」

「食べるといいですよ」

三人で回転寿司の店に入る。人をかき分けるようにして発券機に取り付いた。三十分待ち。案内画面一杯の番号を一瞥してちょっとうんざりする。金曜の夜の回転寿司、しかも駅のそばとなれば、混んでいない方がおかしかった。「おなかすいたー」とぶーたれる心陽と、どんどん無言になっていく遥平をなだめすかしつつの三十分は長かった。


やっとのことでテーブルに案内された。

双子が歓声を上げてテーブルに急ぐ。海翔は子供たちのためにお冷やをくんでから席に向かった。レーンの動く向きから、寿司の皿を取りやすい方に心陽たちを座らせる。心陽と遥平が小さなお尻を一生懸命ずらしながら、よいしょよいしょと並んで席に座った。子供用の座椅子を持ってくるべきかとも思ったが、心陽がいらないというのでやめた。

「わあ〜〜〜」

と、レーンを回るお寿司に目を輝かせる心陽に、海翔が「まず手を拭いてからです」と指導する。心陽と遥平が真剣な顔をしてウエットティッシュで手を拭いた。

「なにちゅうもんしてもいいんでしょっ？」

と心陽が確認する。大事なことだ。

「ええ。いくらでもどうぞ」

自分のお茶を用意しながら、心陽たちに許可を出す。早速タッチパネルを押し始めるが、心陽の指ではうまく操作できない。四苦八苦している様子を海翔がしばらく眺めていると、遥平が横から手を出した。指先を立てて、懸命に操作していく。

「はーちゅん、まぐろ？」

「まぐろー。あと、かっぱまきー」

心陽の要望を注文した遥平が、海翔に顔を向けた。

「…………」

「あ、きみも自分の好きなモノを注文していいですよ」

ところが、遥平は海翔の予想とは違うことを言った。

「……かいとにいちゃんは？」

一瞬、海翔は思考が停止した。あれだけ「おすし、おすし」と踊っていたのに、遥平はまだ自分の注文はひとつも入れていない。姉の心陽の注文を先に済ませ、さらに他人の——実の父かもしれないけど——海翔のオーダーを優先しているのだ。

海翔は思わず、じっくりと遥平の顔を見つめてしまった。小さく口を開けた、垂れ眉のやさしい顔の男の子は、純粋な瞳で海翔を見つめている。そこには計算だとか、年上だからとかそういうことではなく、ごく自然な思いやりの気持ちが見つけられるだけだった。

「……僕は自分で注文します。ありがとう。先に注文なさい」

と言って、海翔はにっこり微笑んだ。兄の拓斗には久しく見せていない笑顔だ。

「……いいの？」

「ええ」

海翔が頷くと、遥平が小さな手を顎に当てて一丁前に考え込む仕草をした。横ではそんなやりとりを気にすることなく心陽が水を飲んでいる。熟考している遥平が面白いので、海翔は自分の注文が遅くなるのをそっちのけで、遥平を観察していた。

遥平はタッチパネルの、オススメ、贅沢握り、握り、軍艦と巻物、サイドメニューまで、じっくりと吟味している。二周した。その間に心陽の注文のマグロが届く。遥平は慌てることなくメニューを行き来して——マグロを注文した。

隣でマグロを食べた心陽が、「おいし〜！」ととろけている。

結局、遥平の注文もマグロなのかと、内心おかしく思った。もっとも、普段から表情に乏しい海翔だから、他人から見れば無言で軽く睨んでいるように見えるかもしれないが。

遥平がサイドメニューのページで心陽を振り返った。

「はーちゅん、ぽてとたべる？」

「うん」

フライドポテトを注文する遥平。ここでも姉を気遣っている。

遥平はさらに真剣にメニューを眺めて、はまちを注文した。

「かいとにいちゃん」と、遥平が海翔に注文を譲る。海翔は「ん」と応えると、手早く注文を入力した。遥平のおかげでメニューはだいたいチェックできたからだった。

「はーちゅん、つぎのちゅうもんする」

と、マグロを食べ終わった心陽が手を伸ばしてきた。

「今日はふたりが元気になったお祝いなので、贅沢握りでも全然いいんですよ」

心陽と遥平が顔を見合わせた。ちょうど心陽のカッパ巻きと、遥平のマグロが届く。

ふたりが皿を取りながら、

「どうする？」

「よーちゃんはいい」

「遠慮しなくていいんですよ？」

双子は改めて同じような顔で見つめ合った。

「うーん」

「うーん」

しばらく考えて、心陽が手を上げる。

「じゃあ、はーちゅん、ちゅうとろ」

「はい、どうぞ」と言って海翔がタッチパネルで注文した。

「きみは？」

「うーん」と遥平が考え込んでいる。

「どれにしますか？」

「……よーちゃん、いい」

海翔は再び遥平を見つめた。

「遠慮しなくていいんですよ？」

遥平の目が泳ぐ。

「お金なら心配ありません。それともまだどこか具合が悪いのですか」

「……そうじゃない」

「じゃあ、注文しましょう。その方が僕も安心です」

けれども、遥平はまだ納得していないような顔をしていた。

「うーん……」

ふと思いついて海翔が付け加えた。

「遥平くんも食べた方が、心陽ちゃんも注文しやすいです」

遥平が心陽を見返した。心陽が「うん」と頷いている。遥平が首をかしげた。

「じゃあ……よーちゃん、さいごにちゅうもんする」

「どうして？」

「さいごにおいしいのをたべたい」

「……別に最後の一皿にしなくてもいいですよ。何皿か頼んでいいです。二十皿とかだと困りますけど」

海翔の言葉に、心陽も遥平も顔が輝いた。しかし、遥平は「じゃあ、もうすこししてから」と、サーモンを注文する。

いじらしいな、と海翔は思った。

伸び伸びと注文する姉と、自然に周りに気を遣っている弟。

まるで兄の拓斗と自分の関係のようだと思う。

何も考えずに突っ走る兄の拓斗は、どんどん注文している心陽みたいだった。

気を遣っていないふうに見えて周囲の空気を読んで——特に兄の挙動を察して——自分の立ち位置と振る舞い方を変える自分は、遥平とダブる。

やはり上の子と下の子の力関係というのは似たようなものになるのだろうか。

遥平はいま届いた自分のマグロを大切に持っていた。醤油をかけ、一貫はマグロだけ刺身として食べてご飯を口に入れて楽しんでいた。とてもおいしそうに食べる。ほんわりした後光が頭の周りに見える気がした。

「おいしい……」

遥平がちょっと遠い目になっている。よほどお腹が空いていたのだろう。感動している。遥平はもう一貫を普通に寿司として頬ばった。

「すごくおいしい……」

その横で、心陽はすでに三皿目を食べ終わっていた。贅沢握りの中トロだった。フライドポテトと、海翔が注文したトロたく巻きが届く。

みんなで熱々のフライドポテトをつまみつつ、海翔注文の塩ラーメンを三人でシェアしていたときだった。やっとのことで、拓斗が息を切らせてやって来た。

「ハアハア……悪ぃ。すげえ遅れちまった」

髪が乱れ、息が上がっている。ネクタイを緩めて、駆け込んできた感がすごい。

「お疲れ。先に食べてますよ」

と、海翔が、拓斗の分のお茶とお手拭きを用意する。

「おう。サンキュ。……おまえたちも、もっと食べてくれ」

拓斗が鞄を置いて海翔の隣に座り、手を拭きながら、双子たちに呼びかける。心陽が「たべるよ！」と鼻であしらい、遥平が口の中でもごもごやりながら何度か頷く。

「兄さんこそ、注文」

「そうだな。……あ、ごめん。ちょっと先にトイレ行っておくわ」

フライドポテトを一本かじって拓斗がばたばたとトイレに向かった。

「まったく騒々しい……」

海翔がため息をつくと、心陽も一緒にため息をついている。

賑やかな兄で申し訳ないと思っていると、相変わらずもぐもぐしている遥平が晴れやかな瞳で海翔を見ていた。無言で見返すと、口の中のものを飲み込んだ遥平が素朴な顔で指摘する。

「でも、たくとにいちゃんがきて、うれしいでしょ？」

海翔は言葉に詰まった。

「……何でですか？」

「よーちゃんも、はーちゅんがいっしょだとうれしいから」

その言葉に心陽の動きが一瞬止まった。

「よーちゃん」

「ん?」

「よーちゃーん!」と心陽が遥平に抱きつく。

「わああ〜」と気の抜けるような悲鳴を遥平が発した。

「よーちゃん、かわいい。あたしもよーちゃんだいすき」

「わああ〜」

「あんまり騒いではいけませんよ」

カルビ握りを食べながら海翔が注意した。双子に注意をしながらも、海翔の気持ちは遥平に強く引きつけられている。大学の講義中に突然やって来た遥平。

もしこれが、遥平ではなく、心陽だったら自分はどんな印象を持っただろう。

正直に言って、心陽のような元気な子は手に余る。

双子に、自分や拓斗の勤務先を教えたのは、双子の実の母親のはずだ。遥平を海翔のところへ向かわせたのが彼女の作戦だとしたら、海翔の性格はもちろん、我が子の性格も、しっかりと把握していたに違いなかった。いまさらながら、この双子の母親の深慮遠謀が空恐ろしいと同時に、正体が知りたくてたまらない。ただ、自分の過去を振り返っても、該当する女性にほぼほぼ心当たりがない。おそらく拓斗が父親だろうと海翔は思っているが、万が一の可能性も捨てきれない……。

拓斗が戻ってきた。

「ははは。悪い悪い。さ、俺も注文させてもらおっかな～」

拓斗が握りを中心に次々と注文する隙を突いて、心陽が大学芋を注文した。

「もう甘い物ですか」と海翔が尋ねた。

「うん」

「何だよ、おまえ。俺が来た途端に寿司遠慮しなくていいんだぞ」

心陽なりに気を遣っているようだった。

「もうおなかいっぱい」

心陽が食べた皿の枚数は五枚。

「……最後に贅沢握りをもう一回注文してもいいんですよ」

「うーん」と心陽が腕を組んだ。

「どうしようかな」

心陽が海翔だけでなく、拓斗の顔も伺う。

「お金なら大丈夫だよ」と拓斗が言うと心陽が笑顔になった。タッチパネルを操作する。分かりやすいなと、海翔は面白かった。

一方の遥平は黙々と食べている。

「よーちゃん、つぎ、あぶりほたて」

心陽がそうそうにお腹いっぱいになってしまった分、遥平が食べ続けていた。食べる速さはゆっくりなのだが、ずっと食べている。おかげで遅れてきた拓斗がひとりぼっちにならなくて済んでいるのだが。

「ふむ。きみはスロースターターなのですね」

「すろー……？」

四歳の遥平には難しかったようだ。もぐもぐしながら、ぽかんとした顔で海翔を見返した。

「いや、別に何でもありません。たくさん食べてください」

「うん」

淡々と食べ続けた遥平の皿がうず高く積まれていく。その枚数は十二枚。海翔自身の皿の枚数が八枚であるのと比べると、かなりの皿の枚数だ。しかも、みんなでポテトをシェアしたり、ラーメンを分けたりもしている。

性格は海翔と似ているかもしれないが、食欲の旺盛さでは遥平は海翔の遥か上を行くようだった。

「結構食べますね」と海翔が感心したが、何食わぬ顔で、もきゅもきゅ食べている。

拓斗が十皿程度食べた頃、遥平が小さな手を合わせた。

「ごちそうさまでした。おいしかった」

遥平ひとりで食べた寿司の皿の数は、結局、十四枚になった。姉の心陽の約三倍だ。贅沢握りも三皿交じっている。

「お腹いっぱいになりましたか」

「うん」と遥平が日向ぼっこのように温かい笑顔を見せた。やはり、子供は笑顔がいいなと、何の脈絡もなく海翔は思った。

ちなみに、遥平の活躍により予想枚数を遥かに超えてしまい、海翔と拓斗で支払時に少しだけ揉めたのは、子供が知らなくていい話である。

回転寿司での豪遊の翌日、海翔が午前中の授業に向かおうとしたときだった。閉じようとしたノートパソコンがメールを受信した。送り主は、桂木《かつらぎ》教授。准教授である海翔にとって、会社組織でたとえれば上司に当たる人物だ。
《昼ご飯一緒に食べませんか？》
という内容のメールだったが、桂木教授は五十過ぎの男性だ。食事に誘われたからと言ってうれしくも何ともない。大学という場所は、上場企業よりよほど閉鎖的な環境だ。教授に気に入られるかどうかは、将来的な出世に割と影響する。小説やドラマの世界だけだと思っていたのだが、まだそんな因習《いんしゅう》が生き残っていて、海翔は驚いたものだった。

そういうわけで、一緒に食事をするといっても気が休まるわけもない。むしろ嫌な予感の方が先に立った。桂木教授がランチに海翔を誘うことは年に数回あるかないかで、これまでも教授会の準備やらもろもろの政治的手回しのためのときだけだったからだ。

とはいえ、無下に断れないのが悲しいところ。学問の自由に宮仕えの苦労が付随するなんて聞いていなかった。

喜んで、と返信をして授業に向かう。おかげで五分遅れてしまった。

授業が終わって黒板を消していると、背後から声をかけられた。

「先生」

「はい、何でしょうか」

振り返ると、ふたりの女子学生が互いに先を続けるように促し合っている。今日の講義に対する質問ではないらしい。海翔が眉をひくりと動かすと、片方の女子学生が口を開いた。

「あの……先日の小さい男の子は先生のお子さんなんですよね?」

なるほど、聞きたいことは講義の内容ではなく、そちらだったか……。

「……僕の子ではないです。たぶん」

どうしてここで否定してしまったのか、海翔にもよく分からない。

ただ、その答えを聞いて女子学生たちは顔を見合って少し笑い合った。専門として『源氏物語』を研究している海翔だったが、古典の女性の気持ちは読み解けるのに、生の女子大生の気持ちにはまったく見当がつかない。

「大学には連れてきていないんですか」

「ええ、まあ」

海翔が答えると女子学生たちはまた顔を見合わせ、今度は残念そうにした。

「そうなんですね……」

「あの子に、何か――？」

「あの男の子に、チョコレートを買ってきたんです」

と、片方の女子学生が鞄の中から小さな紙袋を取り出した。海翔でも知っている有名チョコレート店の名前が書かれている。

海翔は本気で首をひねった。

「バレンタイン、というわけでもないですよね？」

女子学生がふたりとも吹き出した。

「あはは。バレンタインじゃないです。ただ、あの子がかわいかったんで、チョコとか好きかなーと思ってふたりで買ってきたんです」

「……受け取っていいものでしょうか」

ひとりごとを呟きながら悩む海翔に、女子学生たちは前のめりに力説する。

「あの子、超かわいかったんで！」

「よかったらまた連れてきてください。私たち以外にもあの子の〝ファン〟はいるんです！」

彼女たちが振り返ると、講義室の後ろの方でこちらを伺っている女子学生が数人いた。遥平はずいぶんモテるようだな……。

とりあえず、好意を無視するのも悪いので、今回だけはいただくことにした。

海翔はチョコレートの袋を持って、一度、自分の研究室に戻る。食べることが好きな遥平のことだ。チョコレートをもらったと知ったら大喜びするだろう。ああ、でも、ひょっとしたら姉の心陽と分けたりするかもしれない。あの子は自分よりもよっぽど上のきょうだい想いのようだから——。そんなことを考えていると、思わず頬が緩む。

ノートパソコンを確認すると、桂木教授から待ち合わせ場所の指定があった。学内にいくつかある食堂のうち、通称〝レストラン〟と呼ばれている、もっとも高級な学食だった。すでに予約してあるという。

レストランはその名の通り、結構豪華なフレンチレストランで、ディナーは一万円以上のコースも出るし、教官たちなら昼からでもワインをつけられる。大学の周辺にはファミレスくらいしかないから、近場では間違いなく上の場所だった。

ますます嫌な予感がする。

財布の中身を確かめて、海翔はレストランに向かった。

まだ桂木教授は来ていない。

案内された席はいちばん奥の席で、個室ではないが衝立《ついたて》のおかげで半個室のようになっている。海翔は下座に座って、出された水を舐めた。

さほど間を置かず、桂木教授が来た。海翔が立ち上がる。

「ああ、ごめんね、奥崎くん。遅れてしまって」

桂木教授は中肉中背で、髪が白かった。いつもせわしなくちょこちょこ動いていて、メガネが落ちそうになるのをしきりに直している。

「いいえ。とんでもないことです。僕もいま来たところですし」

デートでもあるまいし、と海翔は自分の台詞が馬鹿らしく思える。

やって来たのは桂木教授だけではなかった。生島《いくしま》助教も一緒だった。生島助教は四十代。やせ型で身長が高く、白髪はないがその分、前髪の後退が著しい。

「ご苦労さま、奥崎先生。私も今日はご一緒させてもらうね」

痩せた雄鶏のような目で生島助教が挨拶した。海翔も適当に合わせる。

教授だけではなく助教も一緒となると、ますます気が重い。人によっては、昇進の打診かと期待するかもしれないが、海翔はそんなふうにおめでたく考えられる人間ではなかった。だからといって、ふたりが急に海翔をランチに誘った理由にも思い至らない。

桂木教授がメニューを開いた。

「今日はね、私がおごるから」

「あ、いえ。そんな――」

海翔がしどろもどろになる。

「遠慮しなくていいよ。こんなこと滅多にしないから」

「はあ」

滅多にしないから恐ろしいのだが。

「生島くんも、いいよ」

と桂木教授が言うと、生島助教は相好を崩した。

「桂木教授、私もごちそうになってよろしいのですか」

「奥崎くんだけは不公平だからね。その代わり、いちばん高いコースはやめてくれ」

ランチのくせに七千五百円する。どんな学生がこんなランチを食べるのだろう。まあ、海翔の教え子の誰かではあるのだが。

「ははは、もちろん分かっています」と生島助教が合わせる。

すでに海翔は、近場の牛丼屋に逃げたくて仕方がなかった。

結局、仔羊のローストのランチセットを桂木教授が選び、生島助教も海翔もそれにならった。ワインは誰も頼まない。しばらく当たり障りのない、当面の研究や学生の授業態度の話をして、スープと前菜を腹に収めた。味は良かった。

メインの仔羊のローストが届き、給仕がしばらく来なくなるタイミングで、桂木教授が口を開く。

「仔羊のロースト、最近気に入っていてね。年のせいか、牛は胃にもたれるんだ」

「それは、教授がいいお肉ばかり召し上がっているからでしょう」と生島助教が如才《じょさい》なく合いの手を入れた。海翔には真似できない。その代わり、ナイフとフォークを器用に使って仔羊を一口噛みしめた。臭みもなく、肉の旨みが口に広がる。こんな肉を遥平が食べたら何て言うだろうか……。

「とてもおいしい仔羊です」

海翔が精一杯の社交性を発揮する。桂木教授は意外にナイフの使い方が下手だった。

「仔羊は——羊の子供だよね。羊はどうしてもくさく感じるけど、仔羊はいいよね」

「ええ」

かちゃかちゃと音を立てる桂木教授の言葉に、海翔は次に出る台詞が予想できた。

桂木教授は口の中のものを飲み込み、ナプキンを使ってから水を飲む。

「それで、先日なんだけど、きみの講義中に面白いことがあったらしいね」

「面白いこと……」

海翔がおうむ返しにすると、隣の生島助教が顔をしかめた。

「何だか、講義中に子供が入ってきたそうじゃないか」

「ああ……」

どう答えていいか分からないので、曖昧に答えておく。

「学生たちの間でもずいぶん話題になっているみたいでさ。その子供、入ってくるなりきみのことをお父さんと呼んだとかって話でさ」

お父さんではなくパパでした、などとバカな訂正はしない。

「そういえばそんなこともありました」

海翔はさっきより仔羊のローストを大きめに口に放り込んだ。

「きみねぇ、そんなこともありましたって、大事件じゃないか」

と、生島助教が呆れている。そういえば確かに大事件なのだが、それなりにさまざまなことがうまくいっているので早くも日常のひとコマになじんでいた。

桂木教授がもう一度水を飲んだ。

「それで、どうなんだね」

海翔は食べ物を飲み込んで聞き返した。

「どう、とおっしゃいますと？」

「実際、きみの子供なのかね」

　確かにそこへ疑問が行くのは当然だった。ところが、現状、その点だけはまったく進展がないのも事実だった。進展がないくせに、それで何となくうまく行ってしまっているのだから、有り体に言って黙っていてほしかった。

「正直なところを申し上げますと——よく分からないのです」

　桂木教授たちが目をむいた。

「よく分からないって、そんなことがあるのかね」

　どこから話したら分かってもらえるか。どこまで話したら分かってもらえるか。その方が海翔にはよく分からなかった。心陽と遥平は四歳児だが、人間だ。生きている以上、人権はある。プライバシーがある。どこまで勝手に話していいのか。そもそも、自分が親権者であれば事情は違うのだろうが、それすら判然としていないのだし。

「あちらは僕を父親と思っているようですが、どうやらシングルマザーの子供だったようで、そもそも父親の顔を知らないようなのです」

「何だって?」

　桂木教授たちの顔に大きく疑問符が浮かんだが、続ける。

「僕もいい年ですから、まったく身ぎれいとは言い切れませんけど、母親に心当たりが僕にはないんです。僕には兄がいるのですが、ひょっとしたら兄の方の子供かもしれないという可能性も捨てきれず」

「はあ……?」

相変わらず教授たちの理解が追いついていなかった。しかし、続ける。

「警察に相談するという手もあるんでしょうけどね。どうも、僕か兄が父親であることを子供の方が確信しているようなんですよ。子供の母親からは匿名で必要なものは送られてきましたし。だから、警察に突き出すのもかわいそうだと思って、兄とふたりで面倒を見ています」

「………」

今度こそ黙ってしまった教授と助教を尻目に、海翔は残りの料理を腹に収めていく。

ふたりとも、ものすごくいろいろ言いたい顔をしている。だが、海翔の話が常軌を逸《いっ》しているので、どこから手をつけていいのか分からないのだろう。

やっぱりこの連中と飯を食うのは好きになれない。海翔がいつもよりも深く表情を消した。桂木教授が大きく息を吐いて背もたれに上体を預ける。

「まあ、何となく事情は分かった。分からないところの方が多いけど、まあ分かった」

桂木教授がナイフとフォークをもう一度動かし始めた。

「そうですか」

これ以上、面倒な話にならないようにと海翔が祈っていると、桂木教授が言った。

「まあ、きみも優秀な研究者だ。将来は助教になってもらい、いつか教授になれるだけの力量は持っていると思っている」

「ありがとうございます」

「だからまあ、変な噂が立たないようにね」

「恐れ入ります」

　変な噂って何だ。自分のところに飛び込んできた、おいしいものが大好きなやさしい顔の子供とその姉の面倒を見ることのどこが変なんだ。別に『源氏物語』の光源氏《ひかるげんじ》のように幼い少女の若紫《わかむらさき》を父親に無断で自分の邸にさらったわけでもない。

「きみも知ってると思うけど、大学って狭いんだよ」と生島助教が付け合わせのじゃがいもを頬ばった。

「はい――」

「若い研究者のゴシップとかって、好きな教授もいるしさ。学生たちだって尾ひれはひれをつけてあれこれ噂話をしたがるし。それでこの大学では助教になれなくて、外へ出ちゃった研究者とかいたんだよ。教授はそれを心配してってね」

「そうでしたか」

　別に出世に興味はないのだが。たぶん、教授たちが自分の名誉に傷がつくかもとか、他の教授とのプライドの張り合いで負けるとか、そんなことが本音なのではないか。

海翔にとっては、いまはあの子たちの寿司の歌や、回転寿司で見せた笑顔の方が楽しい――。

「ま、一応、事情は分かったということで、何かあったらまた知らせてよ」

と桂木教授がパンでソースの残りを拭《ぬぐ》って、食べていた。海翔は一応頭を下げる。

食後のシャーベットとコーヒーが出た。

「それにしてもあれだね、奥崎先生」と生島助教がコーヒーで舌を焼きながら話しかけてきた。

「これから研究者として脂がのってくるってときに、子供の面倒なんて、ずいぶんなハンデを背負っちゃうねえ」

生島助教が同情にも似た表情で言ったその台詞に、怒りがむらっと湧いた。

「ハンデだなんて思っていません」

珍しくきっぱり言い切った海翔に、生島助教が少し怯《ひる》む。

「いや、何て言うかさ」

「僕たちはみんなひとり残らず〝子供〟でした。なるほど、聞き分けのよい子供ではなかったから僕の親にはハンデだったかもしれません。だからこそ僕は――あの子供のいまを大切にしてやりたい。それが僕の研究者としての矜持《きょうじ》でもあるんです」

怒ったときの顔は拓斗とそっくりだと、母親からよく言われたものだ。要するにいま、研究者としての線の細い海翔の顔ではなく、押し問答も辞さない腹の据わった営業マンが切れた顔をしているのだろう。その証拠に、助教が言葉を失っている。

やれやれ、子供たちのせいではなく、自分の言葉で出世を数年遅れさせたかもしれない。けれども――何だか笑い出したいくらい愉快だった。

「まあまあ、奥崎くん。きみの気持ちはよく分かった。働き方改革とかいろいろあるからね。男がきちんと子育てのできる大学という良き先例になってくれることを期待するよ」

桂木教授がそんなことを言って話をまとめた。生島助教と同じような立場にも聞こえるし、海翔の味方のようにも聞こえる。それが結局、世間一般というか、「大学の立場なのだろう。要するに、「自分たちの責任ではない。自己責任でよろしく」とのお達しだと、海翔は解釈した。

その日、海翔は定時にきっちり大学を出た。この時間なら、ひょっとしたら拓斗よりも先に保育園へ行けるかもしれない。保育園に双子を迎えに行けば、自分にとっても初恋の人である和香とおしゃべりできるのだろうと思う。思っただけで、あまり実行していない。いろいろ理由はあるけれど、ひとことでまとめてしまえば面倒くさいからだった。回転寿司の日は、事前に拓斗から『迎えに行ってくれ』とＬＩＮＥが入ったから行ったまでである。

今日も同じだ。和香とのおしゃべりと遥平たちを連れて帰る労力を、今日の疲労で補正したところ、家にさっさと帰ることに決めた。基本、インドア派なのである。

その和香だが、保育園の外でも何かと双子の世話を焼いてくれるので、会う機会はあるのだ。でも、なぜそこまで僕たち兄弟を——正確には双子たちを、なのだろうが——構ってくれるのか、どうにもしっくりこなかった。

まだ拓斗に気があるのだろうか。

「まあ、いいでしょう。とりあえず、今日はちょっと疲れましたから」

疲労で弱っているいまの自分が和香を前にしたら、保育園に初めて行ったときのように赤面してフリーズする確率が五十パーセントくらいは、ある。麻痺して全滅する率が五十パーセントのクエストなんて、ゲームなら後回し確定だろう。

もし、昼間、教授たちとの〝ご会食〟がなかったら、保育園に行っていたかもしれなかった。あのせいで、気を抜けば今日はため息しか出ない。よって、麻痺する確率が上がっているのだった。

こんな日はさっさと家に帰って、シャワーを浴び、ゲームをしよう。

しばらく、双子の闖入《ちんにゅう》やら双子の風邪やらで遠ざかっていたが、本当はゲームをしたくてしょうがなかったのだ。据え置きゲーム機もあるが、それはどちらかといえば拓斗の暇つぶし。海翔の方は、パソコンを使ってのモンスター狩りや射撃バトルロワイヤルものが得意だった。

「兄さんが寝ている横でゲームをするのも悪いし」

だから、ゲームを自粛していたのだが、今日は解禁だ。幸い、夕食当番は拓斗だし。射撃バトルロワイヤルものは微妙な指先の感覚が要求される。しばらく触れていなかった分、勘を取り戻すのに時間がかかるかもしれない。やめておこう。いま欲しいのは、圧倒的爽快感だ。

椅子にゆったりと腰掛け、ゲームを起動させる。レベルも高いし、装備品も高レアで揃えているキャラだ。これに海翔のゲームの腕が加われば、ひとり向けのクエストはすべて瞬殺できる。いまはこれでざくざく勝ちまくってストレスを発散しよう。

どれだけそうしていたのか、「ただいまー」という元気な声が一瞬聞こえた気がした。何か答えたようにも思う。その間にも、大剣を背負ったキャラクターは画面上でモンスターを狩り続けている。何日かのブランクがまったく気にならないくらいに感覚が戻ってきた。

どのくらいそうしていただろうか。小さくドアをノックする音で集中が切れた。ちょうど巨大モンスターを仕留めたところだった。

「……ごはんできました」

部屋のドアを小さく開けて、遥平が覗いていた。もうそんな時間か。ドアの隙間から醤油のいい匂いがして、海翔のお腹が鳴った。

「ありがとうございます」

と言って、海翔は画面に向き直るとセーブした。画面を閉じようとして、海翔は背後からの熱心な視線に気づく。遥平がのどかな顔つきのまま、画面をじっと見つめているのだった。

「…………」

「…………」

互いに無言の時間が過ぎる。

「……ひょっとして、やってみたいですか」と海翔が尋ねると、遥平の目が輝いた。

無言でこくこく頷いている。

画面を閉じる前でよかった。海翔は遥平を手招きし、自分は立ち上がると遥平を椅子に座らせた。だが、遥平はまだまだ小さくて、椅子の高さが合わない。仕方がないので海翔は自分が椅子に座り直し、膝の上に遥平を置いた。意外と軽かった。

「コントローラー、分かりますか」

「……？」

遥平が平和な顔で首をかしげて疑問している。海翔が簡単に移動と攻撃の方法を教えると、遥平がコントローラーを持った。小さな手にはコントローラーが大きい。画面に写る海翔のキャラクターが先ほどまでのとはうって変わって、ものすごくたどたどしく動いている。おっかなびっくりというか、リハビリでもしているというか。

「ちょうどそこに小さな敵がいます。殴ってください」

「なぐる……？」

「Aボタンです」

たしっ、と大剣で小さなモンスターが撃破された。遥平がうれしげに振り返る。

「かった……！」

「勝ちましたね」

これで気をよくしたのか、単なる操作ミスか、遥平が猛然とキャラクターをダッシュさせた。気がつけば巨大モンスターの巣に入り込んでいる。先ほどまでは瞬殺していたモンスターだが、いまの自分のキャラクターの中身は四歳児。遥平がのろのろと逃げ回りながら、大剣でてしてし攻撃していた。

「あ、ヤバい」と海翔が呟いている間に、キャラクターの体力がみるみる削れ……。悲鳴を残して、海翔の育てたキャラクターが地面に倒れ込んだ。

「あっ……」と遥平の悲しげな声がした。

このゲームを始めてから初めての死亡で、これまで死なないことをひとつの自慢にしていた海翔にとってはそれこそ嘆くべきだったのだが——むしろ、微笑ましいのはなぜだろう。

「死んじゃいましたね。まあ、無敗の記録は、さっきセーブしたところまで巻き戻ればいいとして。いまのうちから布教しておきたい気持ちもありますけど、このゲームは難しすぎましたか」

そのとき、心陽の大きな声がした。

「あああああーっ」

振り返れば、ドアのところに心陽が立って、こちらを指さして糾弾している。

「どうしました?」

「おそいからきてみたら、よーちゃんあそんでるーっ」

遥平が海翔の膝の上であわあわした。

「ちょっとだけだよっ」

「はーちゅんもゲームしたいーっ」

リビングから「おーい、味噌汁冷めるぞー」という拓斗の声がした。

結局、その日の夜は、ご飯を食べたあと据え置きゲーム機で四人でゲームすることになった。コントローラーがそんなにないから交代しながらだったけれども、遥平も心陽も大喜びだった。

翌日、海翔は再び定時に大学を出た。今日こそ、遥平と心陽のふたりを保育園に迎えに行くためだった。昨日、家に帰ってからずっとゲームをしていて食事の準備をしないばかりか、食事に遅れたことの償いだ。

大学構内を出るときに、桂木教授とすれ違った。昨日の今日だから何となく心にわだかまりがあった。

「今日はもう帰るの？」

「保育園まで」と短く答えると、桂木教授はいかにも大変そうだと言わんばかりに顔をしわだらけにして見送ってくれた。

保育園に着くと、およそ海翔の日常生活では聞くことのない子供たちの騒ぐ声が耳を襲った。少し、きーんとする。たまたま入り口近くにいた遥平が、「あ……」と言ったきり立ち尽くしていた。

この子は感情表現が苦手なのだろうか。その分、上の心陽が賑やかだけれども。こんなところも自分に似ているかもしれない……。

「こんにちはー」

と横合いから屈託のない女性の声がした。和香だった。海翔の全身に緊張が走る。

「あ……」

と言ったきり、海翔も動けなくなってしまった。保育士らしいピンクのエプロンをした和香が微笑んでいる。今日で三回目のお迎えになるが、相変わらず慣れなかった。

「今日は拓斗くんじゃなくて、海翔くんがお迎えね？」

「はっ……」

どこの軍人だ。敬礼でもしているのか。

昔からこうなのだ。憧れて、たぶん初めて恋をしたのに、ろくに話もできず、気持ちも伝えられなかった。兄の拓斗の方がその辺は如才なく、高校の頃にはふたりは付き合っていた。兄の恋人となれば、当然、接点はますます増える。けれども、和香に慣れるなんてできなくて、結局、こんな態度のまま現在に至るのだ。

拓斗は和香と付き合いだしてから、海翔の気持ちに気づいていたようだ。ちゃらんぽらんなように見えてあれこれ考える兄は、和香と別れようかととんちんかんな話をしてきて、大げんかしたことがある。たぶん、兄弟で本気の殴り合いになったのはあとにも先にもあれだけだろう。

拓斗と和香は大学に進学する頃に別れた。内心、和香に告白したいと思ったけれど、地方の女子大へ行ってしまった和香を追うことはなかった。そのときには海翔にも彼女がいたからだ。

だが——少なくとも男にとって——初恋の人というのはいつまでも特別らしい。

直立不動ながら、頭の中では大変盛り上がっている海翔の横で、和香がにこやかに遥平を呼んでいた。

「遥平くーん。お迎えが来たよー」

「うん」

遥平が平和な笑顔になる。

「遊んでいたおもちゃをお片付けして、お姉ちゃんの心陽ちゃんも呼んできて」

「はーい」

と、遥平が遊んでいたブロックを丁寧に片付け始めた。

「ふふふ。きょうだいでも性格が全然違うのね」

「えっ」

「遥平くんと心陽ちゃん。遥平くんはああやって丁寧だけど、心陽ちゃんは結構ざざっと片付けちゃう」

「あ、ああ……あいつらですか」

自分たち兄弟のことを言われたのかと思っていた海翔が苦笑する。

「今日は、心陽ちゃんはどんどんリーダーシップを取って新しい遊びとかにみんなを巻き込んでいってましたよ。遥平くんはどちらかというとおとなしいけど、みんなが一緒に遊べるように、仲間はずれの子がいないか、いつも気にしてくれてて」

「へえ……。家と何か違いますね」

家での心陽は拓斗と張り合ってばかりいるし、遥平はおいしいものをこよなく愛しているだけ。

「家だとやっぱり甘えているんじゃないのかな」

「甘える……僕たちにですか」

「うん。それだけ安心しているってことだよ。だから、海翔くんも楽しんでいいんだと思う。子供と一緒にいるのって楽しいことだから」

そう言って笑う和香は、遠い日の憧れのままで——卑怯だと思った。

そろそろお迎えのお母さんたちがやってくる時間になり、子供たちが次々とお片付けを始めている。海翔はそちらを見ながら、和香をなるべく意識しないように心がけた。〝楽しんでいい〟というのは海翔の思考にはない言葉だった。けれども、その方が肉体的な実感としては妙にしっくりくる気がした。

近くの子供がお母さんと手をつないで帰る支度をしている。

「わかせんせー、さよーならー」

「はい、さようなら。気をつけてねー」

しゃがんで子供と目線を合わせた和香が手を振っていた。

「そっか……。楽しんでいいんだ」

海翔は不意に肩の力が抜けるのを感じた。

　突然現れた見知らぬ子供。小さくて、か弱そうで、ひとりでできることはとても少なくて。どう接していいか分からないで迷っているうちに、熱を出して、食べたい物を食べて、遊びたいときに遊んで。でも——生命である以上、自分がしっかりしなければいけないと、肩に力が入っていた自分に気づいたのだった。

「よーちゃん、はやくいこ」

「まって、はーちゅんのはんかちがおちてる」

　奥から心陽と遥平がわいわいとやってくる。

「心陽ちゃん、遥平くん、こっちだよー」と和香が手を振る。双子が満面の笑みになると小走りでやってこようとして、遥平が他の子にぶつかる。ごめんね、と謝っている間、心陽も一緒に頭を下げていた。謝り終わった双子が、てててとやって来る。和香が「ごめんなさいできて偉かったね」と褒めると、遥平と心陽がにこっと笑った。

　ああ、お母さんがいたらこんなふうだったのだろうな……。

　双子が下駄箱で靴に履き替えているとき、海翔は妙なことを口走っていた。

「まさかとは思うのですが、この双子の母親が実は和香姉ぇだなんてことは、ないですよね？」

　双子に聞かれないように小さな声で聞いたのだが、和香は跳び上がらんばかりに驚いている。

「えっと、それって」

うろたえて苦笑いしている和香を見たら、海翔の頬が火のように熱くなった。

「あ、変なことを聞きました」

「双子のお母さんになってくれー、なんてことじゃないよね？」

和香がきわどい冗談でかわす。

「ち、違います。断じて。大変失礼しました」

緊張と恥ずかしさでいっぱいだった海翔には、和香の冗談の真意は初恋の日のように遠かった。

双子を連れて最寄り駅まで戻ってきたが、ここまでの記憶が海翔の中であやふやだった。横で遥平が心配しているのが申し訳ない。冷静に考えればあれはなかった……。

ひとり反省会を開きたいところだったが、双子を放置して部屋に籠もるわけにはいかない。反省会の代わりに、本屋に立ち寄ることにした。駅前の本屋は大手書店のチェーンだが、あくまでも駅前の書店のレベルは出ていない。それでも、ゆっくり気持ちを切り替えるにはいいと思った。

本屋に行くと知ったら、双子の顔が輝いた。

「えほん、よみたい」

「よーちゃんもよみたい」

本当なら、数少ない品揃えの文学書や文学研究書を隅から隅まで眺め回して、心を癒やしたかった。だが、泣く子と地頭には勝てぬ。別に泣いてはいないが、海翔は双子に引っ張られて絵本コーナーへ連行された。

絵本なんていつくらいぶりだろう。

海翔が子供の頃に読んだことのある絵本がまだ売られている。面白い絵本はずっと売れるんだなと妙に感心した。もちろん、目新しい絵本も山のようにある。心陽は仕掛け絵本に夢中だった。引っ張ったり、開いたり、動かしたりしていて、そのまま勢いで破れてしまわないか心配になる。

「あの、あんまり乱暴にしてはいけませんよ？　売り物ですから」

「わかってるよ」と心陽の機嫌が悪くなる。

「かいと、きらい」

「うっ……」

無邪気な幼女の嫌い発言は意外に刺さる。拓斗は毎日のように言われているけど、よく耐えているな……。

「はーちゅん、そんなこといっちゃダメ。かいとにいちゃんかわいそう」

と、遥平が眉を垂らして心配げな顔になりながら注意した。四歳児に助けてもらう現状に忸怩《じくじ》たるものを感じつつ、遥平はいい子だなと無条件に思ってしまう。

遥平は、心陽の少し離れたところで、違った種類の絵本を手に取っていた。字はそれほど多くないが、心陽が見ている絵本よりもう少し話がしっかりしていて、仕掛けのない絵本だった。

絵本ひとつでもふたりの個性はずいぶん違うようだ。

海翔の小さい頃は家にあまり絵本がなかったから、だいたい兄の拓斗と同じ絵本を回し読みしていたような気がする。図書館に行くようになって、大量の本に目を輝かせ、自分が拓斗より先に読む絵本を見つけられてうれしかったものだ。

「ふたりとも、今日は特別に一冊ずつ絵本を買ってあげます」

「ほんと!?」とふたりが異口同音に叫んで顔を輝かせた。

「あんまり高いのはダメですけど……」

「はーちゅん、このえほんっ」

と、心陽が先ほどからいじくり回していた仕掛けのある絵本を両手で持った。

「はいはい」

元気な心陽の笑顔が微笑ましい。嫌いと言われたダメージをかなり癒やしてくれた。

遥平は二冊の絵本を並べて「どうしよう」と難しい顔をしている。

「どうしました？」

「かんがえちゅう……」

遥平が悩んでいるのは普通の絵本だ。二冊合わせても心陽の仕掛け絵本より百円高いだけ。一瞬、二冊とも買ってあげようかなという考えが頭をよぎったが、一冊と海翔がルール決めしたのだから、今日は一冊にしようと思い直す。

結局、遥平は——時間がかかったが——動物がたくさん出てくる絵本に決めた。

「ありがとう、かいと」

「ありがとう、かいとにいちゃん」

会計を済ませた絵本の袋を大事そうに抱えた双子たちからそんなふうに言われると、海翔は胸の辺りがとても温かくなった。子供たちも上機嫌で、拓斗が帰ってきたときには笑顔で出迎える。海翔は元気に拓斗を出迎える双子を見ながら、ほんのちょっとの——専門書一冊分にも満たない——絵本代でみんなが笑顔になる不思議に、いつもの無表情の下でいたく感動していた。

食後、後かたづけが終わると、それぞれの絵本をのめり込むように読んでいた双子が示し合わせたように顔を上げた。遥平が無言で海翔を見つめ、珍しいことに心陽も無言で拓斗を見つめていた。

「どうしたんだ？」と洗い物を終えて手を拭いた拓斗が尋ねると、心陽が顔を赤くした。ますます珍しい。

「う～……」

「どうしたんだって。絵本、もう飽きちゃったのか？」

「ちがうっ」

その様子を見ていた海翔が、試しに遥平へ話しかけた。

「ひょっとして、ゲームがしたいのですか？」

「………っ」

すると、遥平と心陽が無言でしきりに頷く。

「おまえら、絵本買ってもらったんだろ？　毎日ゲームなんて」

「たくと、きらいっ」

心陽が先制攻撃を食らわせた。

「くっ……昨日やったんだから我慢しろ」

「………」

遥平がさみしげな顔で拓斗を見つめる。

「その目で俺を見るな……っ」

面白いから放っておこうかと思ったが、介入することにした。

「まあまあ……。昨日やったときに今日はやらないと約束しなかったのも事実ですし」

と海翔は双子に目を向ける。

「今日はゲームをしましょう。ただし、次は来週以降です」

双子が条件をのむと、海翔は据え置きゲーム機のコントローラーを準備した。子供でも楽しめそうなかわいらしいキャラクターの、難易度が高くないアクションゲームを用意する。画面も昔懐かしいドット絵だ。海翔がふたりの子供たちにそれぞれコントローラーを渡したが、すぐに遥平は海翔に戻した。

「かいとにいちゃん、やってみせて」

期待する眼差しで見つめられること十秒。海翔は久しぶりに丸っこいキャラクターを操作してゲームを始めた。最初こそのんびりしたものだったが、徐々に敵の攻撃が激しくなるにつれて、海翔の操作も激しくなる。

「なんつーか、海翔が操作するとかわいいはずのキャラクターが凄腕の暗殺者みたいに動くよな」

海翔は無言でゲームをしていた。ゲームは遊びではないからだ。見た目、丸っこくってぽよぽよしたキャラクターが、最小限の動きですべての敵を倒してどんどん進んでいた。普段、大人向けの激しいシューティングをやっている海翔には、ドット単位でキャラクターを操作するのは当然以前のレベルだった。

遥平と心陽が、声もなく画面に見入っている。

まるでプログラミングされているかのように流れるような動きでラスボスに辿り着き、紙を破るように倒した。

「……クリア」

所要時間二十分で、一機も失わずにゲームクリアだ。エンディング画面を見ながら、海翔はコントローラーを置いた。遥平と心陽が海翔の顔を見つめた。いつもなら心陽の方が先に口を利くのだが、今回は遥平が先だった。

「かいとにいちゃん、すごーい」

興奮した顔で手を叩いている。心陽が無言で何度も頷いて手を叩く。純粋な子供にきれいな瞳で手放しに褒められ、海翔は無性に恥ずかしくなった。何だ、ゲームは遊びではないって。遊びじゃないか……。

「さ、さあ、今度はふたりで遊んでください」

双子がじゃんけんをして、勝った遥平がいそいそとスタートする。

先ほどの海翔のプレイとは大違いだ。キャラクターが鉛でも背負ったかのようにのろのろとしか動かない。

「うわあ」という平和な悲鳴を残して、遥平のキャラクターが敵にやられた。

次は心陽。心陽はゲームになると手先が器用なのか、意外にキャラクターをちょこまかと動かしている。しかし、移動と攻撃を一緒にするのは、四歳児にはまだ難しかった。一面をクリアする前に敵に倒される。「あー」と心陽が悔しそうにしていた。

遥平に代わるが、先ほどより善戦するも、心陽と同じ辺りでまた一機失う。

「かいとにいちゃんみたいにできない……」

遥平が遠い目をしていた。

「子供の頃、僕より兄さんの方がゲームは上手だったんですよ」

海翔が昔話を始めると、遥平がびっくりした顔をした。

「ほんとう？」

「あー、いまは全然だよ、俺。ゲームは海翔の足元にも及ばない」

拓斗が苦笑して肩をすくめる。

「いまはそうですが、昔は違いました。それが悔しくて僕は一生懸命ゲームして、兄さんより強くなった。それだけです」

心陽が身体も一緒に動かしながらコントローラーを操っている。無茶苦茶だったが少しずつ前に進んでいる。子供の頃の拓斗の方がきっと上手だろう。

海翔にとって小さい頃の拓斗はいろんなことができて、何でも知っていて、憧れで。だから、自分にできることを一生懸命にがんばって。

そうやって——ひとつひとつ自信をつけていったんだっけ。

いつの間にか、兄よりも遥かにゲームがうまくなるほどに。

すると、遥平が小さな手を海翔の頭に乗せた。

「かいとにいちゃんすごい。がんばったんだね」

小さくも柔らかく、温かな感触を頭に感じる。なぜか急に涙が出そうになった。

「遥平くんもがんばればゲームだってなんだって上手になれますよ」

海翔が遥平の頭を撫でると、遥平がうれしそうに笑う。

努力の甲斐あって、心陽が一面をクリアしていた。跳びはねて喜ぶ心陽を拓斗が抱き上げる。その間に始まった次の面の敵に、心陽のキャラクターはやられてしまったけれど。


ゲーム効果があったのか、遥平と海翔の距離がずいぶん近づいたように思う。

「かいとにいちゃん……」と、近寄ってくる。ゲームをしたいときもあれば、絵本を読んでほしいときもあった。何か遊ぼうという漠然とした要望は苦手だったが、海翔もがんばって遥平に応えてやろうとしていた。

遥平と海翔が仲良くなった次の日曜日のことだった。

海翔が部屋で本をいくつも当たりながら調べ物をしていたところに、控えめなノックがした。海翔にとって普通の出来事となった、遥平のノックだ。

「はい、どうぞ」

無音でかすかにドアが開く。遥平の穏やかな顔が斜めに覗いた。

「かいとにいちゃん……はんばーぐ、たべたい」

「今日のお夕飯ですか。いいと思いますよ」

遥平の顔が、にぱっとなった。

「ただ、少し時間が早いようです。準備を一緒にするにしてももう少し待っててください」

その間に調べ物もケリがつくだろうし。

「ありがとー」

と遥平が首を引っ込め、また音を立てずに静かにドアを閉める。

しばらくして、リビングの方で心陽と拓斗の悲鳴が聞こえた。また揉め事だろうかと思っていると、遥平のノックがあった。

「どうしました?」

「はーちゅんがたいへんなことをした」

海翔の動きが止まった。穏やかな遥平が〝大変なこと〟と言うからにはよほどの出来事だろう。読んでいた本を閉じると、立ち上がった。

「ぐすっ、ぐすっ……。ごめんなさい」

と心陽の啜り泣く声が聞こえる。確かに大変なことだ。心陽は拓斗とマジな言い合いになって目に涙をためても、まず泣き出さない。

「泣くな。やっちまったもんはしょうがないから。それより怪我はないか」

「うん……」

「何があったんですか？」

とリビングに飛び込むと、買い物袋を前に拓斗が頭をかいていた。

「ああ、海翔。仕事の邪魔しちゃってごめんな」

拓斗が心陽の頭を撫でている。遥平が心陽にティッシュを渡す。心陽が洟をかんだ。

「別に大丈夫ですけど」

「さっき買い物に行って帰ってきて、ふたりも手伝ってくれたんだけどさ、こいつがリビングで転んで」と買い物袋を指さす。

「卵一パック、大破した」

海翔が買い物袋を覗き込むと、中がものの見事に卵の海になっている。

「あらー……。他の食材は？」

「一緒に入ってたのは食パンとかポテチとか包装されているものばかりだったから、拭けばセーフ」

「卵一パックですか。ちょっともったいないですね」

お手数ですが
切手をおはり
ください。

郵便はがき

104-0031

東京都中央区京橋1-3-1
八重洲口大栄ビル7階

スターツ出版(株)　書籍編集部
愛読者アンケート係

(フリガナ)
氏　　名

住　　所　〒

TEL　　**携帯／PHS**

E-Mailアドレス

年齢　　**性別**

職業
1. 学生(小・中・高・大学(院)・専門学校)　2. 会社員・公務員
3. 会社・団体役員　4.パート・アルバイト　5. 自営業
6. 自由業 (　　　)　7. 主婦　8. 無職
9. その他 (　　　)

今後、小社から新刊等の各種ご案内やアンケートのお願いをお送りしてもよろしいですか?
1. はい　2. いいえ　3. すでに届いている

※お手数ですが裏面もご記入ください。

お客様の情報を統計調査データとして使用するために利用させていただきます。
また頂いた個人情報に弊社からのお知らせをお送りさせて頂く場合があります。
個人情報保護管理責任者:スターツ出版株式会社 販売部 部長
連絡先:TEL 03-6202-0311

愛読者カード

お買い上げいただき、ありがとうございました！
今後の編集の参考にさせていただきますので、
下記の設問にお答えいただければ幸いです。よろしくお願いいたします。

本書のタイトル（　　　　　　　　　　　　　　　　　　　　　　　）

ご購入の理由は？　1. 内容に興味がある　2. タイトルにひかれた　3. カバー(装丁)が好き　4. 帯(表紙に巻いてある言葉)にひかれた　5. 本の巻末広告を見て　6. 小説サイト「野いちご」「Berry's Cafe」を見て　7. 知人からの口コミ　8. 雑誌・紹介記事をみて　9. 本でしか読めない番外編や追加エピソードがある　10. 著者のファンだから　11. あらすじを見て　12. その他

本書を読んだ感想は？　1. とても満足　2. 満足　3. ふつう　4. 不満

本書の作品を小説サイト「野いちご」「Berry's Cafe」で読んだことがありますか？
1.「野いちご」で読んだ　2.「Berry's Cafe」で読んだ　3. 読んだことがない　4.「野いちご」「Berry's Cafe」を知らない

上の質問で、1または2と答えた人に質問です。「野いちご」「Berry's Cafe」で読んだことのある作品を、本でもご購入された理由は？　1. また読み返したいから　2.いつでも読めるように手元においておきたいから　3. カバー(装丁)が良かったから　4. 著者のファンだから　5. その他（　　　　　　　　　　　　　　　　　　　　）

1カ月に何冊くらい小説を本で買いますか？　1. 1〜2冊買う　2. 3冊以上買う　3. 不定期で時々買う　4. 昔はよく買っていたが今はめったに買わない　5. 今回はじめて買った

本を選ぶときに参考にするものは？　1. 友達からの口コミ　2. 書店で見て　3. ホームページ　4. 雑誌　5. テレビ　6. その他（　　　　　　　　　　　　　　　　　　　　）

スマホ、ケータイは持ってますか？
1. スマホを持っている　2. ガラケーを持っている　3. 持っていない

ご意見・ご感想をお聞かせください。

文庫化希望の作品があったら教えて下さい。

生活の中で、興味関心のあること、悩みごとなどあれば、教えてください。

いただいたご意見を本の帯または新聞・雑誌・インターネット等の広告に使用させていただいてもよろしいですか？　1. よい　2. 匿名ならOK　3. 不可

ご協力、ありがとうございました！

その〝もったいない〟という言葉に、心陽が反応する。

「ごめんなさいいいぃぃ」

大泣きだった。卵を無駄にしてしまって心が痛いらしい。遥平が横でおろおろしていた。海翔はおもむろにスマートフォンを取り出すと、最近LINE交換したある女性にメッセージを送った。返事は割とすぐに来た。

「兄さん。和香姉ぇがハンバーグを教えに来てくれるそうです」

拓斗がその場でずるりとこけた。

「な、な、何でどうして——海翔、おまえ、何でそこで和香なんだよ」

「目的のためには何でも使え。兄さんが小さい頃にゲームで教えてくれたことです」

「何言ってんだ、おまえ」

「O型の僕たち兄弟ではこういう難題には対処しきれないかと」

「まあ、和香はA型だからしっかり者だけどさ……」

そうか、和香はA型だったのか。双子の血液型はB型。これでは、和香と拓斗——自分は和香とそういう関係ではなかった——の子供が心陽と遥平という考えは否定されることになる。海翔はほっとしたような残念なような、複雑な気持ちがした。

気まずげに拓斗が呻《うめ》いている内に、和香がやって来てしまった。

「こんにちはー」

エプロンをしていない、ごくシンプルな普段着の和香だ。保育園にいるときと違って、ほんのり化粧をしている。胸が詰まるほどに、変わっていない。

「よ、よう」と拓斗が平静を装った。

「海翔くんからヘルプがあったから来たんだけど」

「お、お越しいただき恐悦至極」

海翔の言語がおかしい。

自分で呼んでおいてあれだが、海翔は緊張していた。心陽は和香先生の登場に泣き止んで大喜びし、遥平は家に先生が来るという事態にまだなれないらしく、硬直している。

「わかせんせー」と心陽は飛びついているが、遥平は海翔の後ろに隠れてしまった。

海翔こそ遥平の後ろに隠れたかったのだが……。

「心陽ちゃん、お手伝いがんばろうとしたんだよね。偉かった、偉かった」

和香に褒められて心陽がまた泣きそうになる。遥平が「はーちゅん、ないちゃだめ」と励ましていた。

「ハンバーグと、あとこの卵をどうするかだね。心陽ちゃん、先生に任せて」

「ほんと?」と心陽が心配そうに見ている。

ハンバーグの種を作るときに卵は使う。けれども、一パックは多すぎだ。

「ハンバーグの上に目玉焼きものせよう」

「めだまやき……っ」

遥平が繰り返す。あまり劇的に顔つきは変わっていないが、海翔の見るところ、これは感動している表情だった。割れた卵をよくよく見れば、黄身がきれいに残っているものもある。その辺りを慎重に使えば、いくつか目玉焼きはできるだろう。

「人数分はなさそうだけど？」と拓斗が覗き込む。

「そのときは小さなオムレツをのせるよ」

エプロン姿になった和香は、まず買い物袋から卵を救い出した。横で心陽と遥平が真剣に見つめている。

「これで、ぜんぶ使えそうですね。和香姉ぇに来てもらってよかったです」

「うーん、まだ余るかな」

「本当ですか」

「その分はちょっと考える」

通常のハンバーグの準備の前段階として、〝卵の殻を取り除く〟作業が追加になった。こういう細かいことは子供たちには難しい。和香がひとりでこつこつと殻を取り除いた。拓斗も海翔も、こういう作業は自信がない。その間に、拓斗は心陽と一緒にタマネギを切り始めた。水中メガネをかけたにも関わらず、心陽がタマネギにやられて悶絶している。スペースの関係上、海翔と遥平はしばらく待機するしかないようだった。

しばらくしてハンバーグの種ができた。

「できたー」と心陽が喜んでいる。

「ちょっとつかれた」

「おう、よくがんばったな」と、拓斗が微笑む。

遥平が心陽のがんばりをねぎらいながら、一生懸命に主張した。

「ままもりょうりはたくさんするんだよ」

「そっか」と拓斗が短く答えた。拓斗も考えていたようだが、母子家庭ならお金を節約するために料理をがんばるのは死活問題だったろう。

「ハンバーグも作ってくれましたか」

と海翔が尋ねると、遥平が真剣な顔で頷く。

「はんばーぐもつくった。ままはしぇふだから」

「――え?」

そのときだった。突如として和香が混ぜていた卵を器ごとひっくり返した。

「わわわわっ」と和香が叫ぶ。

「だ、大丈夫かよ」

拓斗が慌てて声をかける。卵は無残なことに作業場所一面に広がっていた。拓斗がキッチンペーパーと台ふきんで拭き取る。

「ごめん、拓斗くん。ちょっと動揺しちゃって」

「動揺？」

「あ、いやいや。心陽ちゃんと遥平くんのがんばりが予想以上でびっくりしちゃって。ははは——」

改めて卵を用意して、目玉焼き、あるいはオムレツ用の卵も準備完了。しかし、卵が少し残っていた。

夕飯の時間にはまだ早い。どちらかと言えば、おやつの時間だった。

すると、和香が自分の鞄の中から何かを取りだした。これまで台所の様子を見守るだけだった海翔と遥平を呼んだ。

「はい、ホットケーキミックス」

「はあ」

「家から持ってきたの。残りの卵を使って、おやつにホットケーキを作ろう」

市販のホットケーキミックスに、卵と牛乳を混ぜる。遥平が一生懸命混ぜていた。海翔がホットプレートを用意する。しばらく温めて温度が安定してきたところで、和香が遥平を促した。

「ホットケーキミックスをお玉一杯分入れて」

「はーい」

横で海翔も同じようにホットケーキを焼き始める。ふたりで二枚ずつ、四枚分のホットケーキミックスがホットプレートに円を描いていた。

「油って引かなくていいのですか」

「ホットプレートのときは大丈夫だよ」

焦らず、ゆっくり。でも焦がさないように——。

「ひっくり返してごらん」

「うん」

海翔に手を添えられながら、遥平ががんばってフライ返しを使う。きれいな狐色に焼けていた。

遥平と海翔、それぞれ二枚ずつのホットケーキがまず出来上がった。

「お、きれいに焼けたじゃねえか」

「我ながらうまくいったと思います」

すると、いま自分が焼いたばかりのホットケーキを、遥平は別々の皿にのせて和香と心陽に一枚ずつ振る舞った。バターと蜂蜜もたっぷりだ。

「はい、どうぞ」

「よーちゃん、ありがとー」

「遥平くん、ありがとう。でも、遥平くんが先に食べていいんだよ」

和香が皿を戻そうとすると遥平はいつものふんわりした笑顔で言った。

「れでぃーふぁーすと、です」

たどたどしい言い方と健気な心遣いが和香の心をわしづかみにする。

「ありがとう。じゃあ、先生、先に食べさせてもらうね。……うーん！　遥平くんの作ったホットケーキ、最高においしいよ！」

遥平のかわいらしさに和香がめろめろになっていた。心陽もにこにことホットケーキを食べている。

「兄さん、遥平くんがイケメンすぎませんか」

「海翔、いまは何も言わないでくれ。俺、倒れそうなほどショックを受けている」

遥平の、男としての株が和香と心陽の間で爆上がりしていた。

海翔はそんな遥平の姿を見ながら、微笑ましいような頼もしいような、不思議な気持ちがしていた。

拓斗も海翔も、普段食べない分、温かなホットケーキを子供たちと一緒に食べる感覚は心まで温かくなるようだった。大きな口でたくさん食べようとする心陽と、静かにずっと口を動かしてたくさん食べようとする遥平を見ながら、和香がにこにことしている。

素敵な笑顔だな、と海翔は思った。

「和香ね……野々宮さんは、どうして保育士という仕事を選んだんですか」

「それはね」と和香の笑みにほろ苦いものが混じったが、海翔には見えなかった。

「私の家ってお父さんしかいなかったの」

「えっ――嘘……?」

ぎょっとなって和香の顔をまともに見てしまう。拓斗を見ると、目を伏せてうなだれるようにしていた。拓斗は知っていたのか。自分は初耳だった。あまりにもありきたりの反応しかできない自分が腹立たしい。

「拓斗くんは知ってたけど……聞いてなかったか」

「……うん」

拓斗はそういうことを人に言う人間ではない。拓斗と海翔が共によく知っている和香であっても――いや、ふたりがよく知っている相手だからこそ、その人のプライバシーは守る人間だった。

兄はいくつになっても兄か――。

「あ、別にしんみりするところじゃないよ? 私、父子家庭で不幸だったわけでもないし」

和香が慌てている。慌てさせてしまったのが、海翔にはちょっと恥ずかしかった。

「はい――」

「小さい頃に両親が離婚したのよ。私、妹がいたんだけど、妹は母親に引き取られて。それから全然会わなくなっちゃった」

子供たちに変に気を遣わせないようにさらさらと話しているが、急に拓斗が話に割って入った。

「妹がいた？」

「うん。一度だけ話したことあったと思うんだけど」

拓斗が腕を組んだ。当然、海翔も初めて聞いた。

「いや、聞いてないよ」

「あれ？　そうだったっけ？」

と、和香の目が泳いでいる。どうやらこれは拓斗の記憶の方が正しいようだ。

拓斗のことだ。和香の両親の離婚の話を聞いて、もうそれ以上は詮索しなかったのだろう。だから和香に妹がいたところまでは把握していなかったのかもしれない。拓斗らしい、不器用な気遣いだなと海翔は思った。

「妹さんとも別れて、さみしかったですか、やっぱり」

「そう思うでしょ？　ところが、そんなことはなかったんだなぁ」と和香が笑う。

「そうなんですか」

「たぶん、お父さんのおかげだと思うんだよね。お父さん、男手ひとつで私を育ててくれてたけど、お父さんはいつもやさしくて笑顔で。外で働く才能と家の中で子供を笑わせる才能、両方を持ってる人で。どちらかというと子育てが上手だったと思う」

器用なお父さんだったのだなと海翔は感心する。

「へぇ……」

「私こそ、お父さんの重荷になってないかな、お父さんは自分の人生を私のために犠牲にしていないかなって心配で、高校時代に進路を決めるとき、そんなことをお父さんに話したら——ものすごく怒られた」

和香が小さく舌を出した。少しかわいいのでやめてほしい。だから「なるほど」と軽く済ませた。

「お父さんは、重荷とか犠牲になってるとか感じたことなんてない、むしろ毎日毎日楽しかったって言ってくれたの」

「いい、お父さんですね」

「そんなお父さんに育ててもらった私だから、今度は私が子供たちに〝お父さんやお母さんは忙しくて保育園にみんなを預けたとしても、みんなのことを大切に思ってるんだよ〟って伝えてあげたくて——な――んて言えばかっこいいけど、子供たちがかわいすぎるから、お父さんと一緒で私も楽しんでるだけかも。へへ」

ほら、ホットケーキ食べよう、と和香が笑ってみんなを促す。

「和香の妹の方は、どうしているんだ？」

拓斗が低い声で尋ねた。和香が虚《きょ》を衝《つ》かれたようになりながら答える。

「正直なところ、全然会ってない」

「会ってない？」

「別れたのが小さい頃だったからその頃の印象はいまいちで。だから、心陽ちゃんたちや拓斗くんたちみたいな仲がいいきょうだいは結構眩しいよ？」

拓斗が苦笑いしながら麦茶でホットケーキの甘さを流した。

「そんなに立派なもんじゃないよ。なあ、海翔」

「ええ」

「ふふ。そういう何気ないところが私から見たらうらやましいんだよ」

おやつのあと、和香も残ってみんなでゲームをして、夕食になった。

ハンバーグを焼くのはホットケーキのようにはいかなくて、和香の指導の下、海翔が主として担当。子供たちは思い思いの形にハンバーグを成形していた。

子供たちが形を整えたハンバーグは、空気抜きが不十分なのかときどき割れる。

多少の割れはご愛敬《あいきょう》でごまかしていたが、遥平が急にぽろぽろ泣き出した。

「どうしましたか？」

「よーちゃん、はーとがたのはんばーぐをつくったの。でも、われちゃった」

海翔は慰めを言うより先に、ハンバーグのフライパンを和香に任せ、隣のコンロで別のフライパンを火にかけるとあっという間に目玉焼きを焼いた。海翔はその目玉焼きを割れてしまった遥平のハートのハンバーグにのせる。ハンバーグの割れ目は見えなくなった。

「ゲームも料理も、手早くやることがコツです」

海翔がそう言うと、「かいとにいちゃん、ありがとう」と遥平に笑顔が戻った。

遥平の笑顔に温かいものを感じながら、海翔は先ほどの和香の話を少し考えた。子供の頃の和香は、そして離婚する前に一緒だった和香の妹はどんな会話をしていたのだろう。遥平の平和な笑顔に昔の和香の笑顔を重ねてみたら、不思議なくらい収まりがよく感じた。

海翔はティッシュをとって、遥平の口の周りを拭いてあげる。

みんなで作ったハンバーグはちょっと焦げていたけど、とてもおいしかった。

第三章　鶏団子鍋、おいしくできたかな？

「もしもし、海翔か。予期せぬトラブルでクレームが発生した」

金曜日の昼休み、拓斗は大慌てで電話をした。なじみの定食屋で唐揚げ定食を注文し、揚げたてを頬ばっていたのだが、一本の電話でぶち壊されたのだ。

しかし、電話先の相手である弟の海翔はのんびりと応えた。

『クレーム処理は企業にとっては宝の山なのですから、よかったではないですか。その処理で忙しくなるようなら、夕飯は子供たちと適当に済ませておけばいいですか』

周りがざわざわしている。あちらも昼ご飯時で、学食かどこかなのだろう。ときどき声がくぐもるのは何かを口に入れているせいか。

「バカ」と、危機感のない弟に悪態をついた。

「お袋に双子の存在がバレたんだよ」

『ごふっ』

電話の向こうで変な声がした。

「大丈夫か?」

『何で〝クレーム〟なんて表現を使ったんですか。僕はてっきり兄さんの仕事上のトラブルだと思いましたよ』

「それだったらおまえに電話しねぇよ」

飲み込みの悪い弟に、拓斗は少しいらいらする。

『確かにおかしいとは思いました。最初からちゃんと母さんのことを話してください』

いらいらしたので少しおちょくってみたくなった。拓斗の悪いくせである。

「おまえだったらこんなふうに言うかなと思って真似してみただけだよ」

『……一度、ゆっくり話し合いましょう』

「ああ、俺もその必要は感じてた。けどいまはお袋だ。説明に来いってよ」

電話の向こうに重い沈黙が満ちる。

『……教授のお供で地方の学会に出てきていいですか？』

「おまえの子供って紹介するぞ」

『まことに申し訳ございませんでした』

かくして翌日の土曜日に久しぶりの実家帰省となったのだった。


拓斗と海翔の実家は保育園から二駅程度のところにある。二十三区からは外れていないが、郊外一歩手前だった。おかげで東京の便利さはそこそこ味わえながら、自然もちゃんと残っている。拓斗たちが女性だったら、ちょくちょく実家に顔を出すのだろうが、男の拓斗たちにとっては母親のところにしげしげと顔を出す発想はなかった。

ふたりの母親である奥崎八重子《やえこ》もむしろそれを推奨している。それでも、何かあったときにひとり暮らしの母をいたわれる距離にいようと思う程度の気持ちはあって、それでこのアパートの場所になっていた。

いろいろ相談の上、結局、海翔が自分の車を出した。左ハンドルの外車。運転は海翔で助手席が拓斗、子供たちは後部座席にチャイルドシートを並べて座っていた。

「はあ……」

と、アパートを出発してから何度目かのため息を海翔がついた。

「そんなにため息をつくなよ」と拓斗がたしなめる。

「あ、ため息ついてました？」

「うん」

と答える拓斗の声もあまり明るいものではない。後部座席では、チャイルドシートで身動きが取れないなりに心陽と遥平が騒いでいた。相変わらず元気だ。

なめらかにカーブを曲がりながら、海翔が述懐《じゅっかい》する。

「人の世の無常を考えていました」

「なんだそりゃ」

「……まさか和香姉ぇが母さんにチクるなんて」

ああ、そういうことか、と拓斗は首肯《しゅこう》した。海翔が信じるものを見失った目をしている。海翔の発言はあんまりな言い方だったが、まとめればそういうことだった。

「和香に悪気があったわけじゃないだろ。たまたま、帰り際にお袋に会って、おしゃべりしているうちにこの話になったんだから」

「それは仕方がないと思います。でもそれは和香姉ぇの現状の話であるべきであって、僕たちの現状を話していいと言うことにはなりませんよね？」

「まあ、そうと言えば、そうなんだけど……。そこは和香がつい口を滑らせてしまったということで……」

　実は昨日の朝、拓斗が保育園に心陽たちを預けに行ったときに——拓斗が海翔に電話する前だ——急にものすごい勢いで謝られていた。理由を尋ねると、一昨日、和香が帰宅途中に拓斗たちの母親、八重子に会ったこと、そのときにうっかり口を滑らせて双子たちのことを話してしまったと告げられたのだ。

　話してしまったものは仕方がないし、こちらから変に何かを言うのもやぶ蛇になるような気がして黙っていたのだが……八重子の行動の方が早かった。

　昼休みにかかってきた電話は、怒っているわけではないけれども、詳しい事情説明を求めていた。当然だろう。結婚すらしていないのに、子供ができたというのだから親として驚かないわけがなかった。しかも、双子で、いきなり四歳児で、そのうえ母親は行方不明ときている。我が母ながら、よく通報もせず、理解不能で病床に伏せったりしないものだと、拓斗はちょっと感心していた。

暖かい日射しを受けながらのドライブは、意外と心地よい。気持ちの方はそうではなかったけれど。

普段見慣れない町並みを車窓から眺めて、いまのところ子供たちは楽しそうにしている。

「はあ……」と海翔がまたため息をついた。

「海翔。ため息」

「ああ、失礼しました。……しかし、この状況、母さんにどう説明したらいいのでしょう」

「どうって……ありのままを話すしかないだろ」

拓斗が口を尖らせる。

「兄さんに任せていいですか」

「まあ——そうだよな」

実母となれば、保育園のときのように大学の先生の肩書きは通用しないのだ。

助手席から後ろをちらりと振り返る。運転席の後ろの心陽が、隣の遥平と一緒に窓の外を見ながら笑っている。ふと思い立ってふたりして保育園で習った歌を歌い出した。いつも通りのご機嫌ぶりに頬が緩む。この子たちに罪はないのだから、もし仮に八重子が苦言を呈してきたとしても自分のところで止めなければと拓斗は思った。

母の八重子と、拓斗たちは仲が悪いわけではない、と思っている。ただ、案件が案件である。はっきり言って面倒くさい……。

後ろを向いた拓斗に心陽が気づいた。

「たくと、どこにいくの？」

「俺と海翔の母親のところ。おまえたちから見たら〝おばあちゃん〟になるのかな」

「そうだった。おばあちゃんのところだ」

心陽が足をばたばたさせる。シートが汚れないように靴は脱いでいた。

「あの、たくとにいちゃん。おばあちゃんって、どんなひと？」

拓斗の背後から、遥平が小さな声で尋ねる。

「普通のおばさんだよ。中肉中背、取り立てて美人でもなし。ご飯は上手」

「ごはん……っ」

遥平の声に喜びの色が混じった。

「あくまでも僕たち兄弟にとっては〝おいしい〟だけかもしれませんよ。いわゆる、お袋の味というものです」

あまりに遥平の期待が膨らみすぎないように、海翔が落としておく。

「そうかもしれないな。基本、うちのお袋は目分量だから」

「ええ。料理名もない『何か』としか言えないものも多い」

「ははは。でも、海翔だってそれをがんがん食べてたじゃんか」

あえて名付ければ、大皿にがっつり盛られた肉野菜炒め。これでたいていの料理は表現できる。肉の種類や量、野菜の種類はまちまちだったけれども。拓斗も海翔も話しながらそんな昔の食べ盛りの頃を思い出していた。

「当然です。変に長ったらしい名前の料理よりよほど好きです」

まったくだ、と拓斗も心の中で同意する。

「お袋、典型的なO型だからな」

「母さんだけじゃないですよ。兄さんもですよ」

「おまえもな」

そこでふと拓斗は言葉を切って車窓の下に肘をつき、外を見つめた。海翔が双子の母親として何となく和香を疑っていたこと、けれども和香の血液型はA型で、O型である自分たち兄弟との間にB型の心陽たちは生まれてこないことを、海翔から聞かされていた。

海翔が心陽たちの母親に和香を疑ったのは、半分は本人の願望も入っていたかもしれない。実際、心陽たちが和香に似ているかと言えばそうは思わないし、仕草やクセが似ているということもないからだ。けれども、ハンバーグを食べた日の和香の様子には無視してはならない何かが底にあるような、そんな感覚が拓斗にもあった。

だが――それが何かまだ分からない。

車窓から見える緑が増えてきた。

「たくと、まだ？」

「もうすぐだよ」

拓斗は車の窓を開けた。風が流れ込む。冷たくて、新鮮で、どこか懐かしい。東京だけれども、間違いなく故郷だった。海翔の車が大きな道から横道に入る。家の前は一方通行だから、回り込まないと行けなかった。

公園の前を通る。昔、海翔たちと遊んだっけと思っていると、双子たちが「こうえんにいきたい」と急に言い出した。

「いまは我慢してください。用事が先です」

「あとでならいい？」

「……状況次第ということで」

何度か右折を繰り返し、住宅街の一角の、こざっぱりした建売一戸建てに車を停めた。着いたぞ、と告げて拓斗は車から降りる。懐かしい実家の姿があった。拓斗が大学三年の頃に父親が亡くなっているので、実家には八重子だけが住んでいる。

親子仲は決して悪くないのに、なぜ別々に暮らしているのかと言えば、八重子がそれを望んだからだった。『男の子がいつまでも母親の元にいるものではない』という八重子の持論ゆえである。たとえ数駅の距離でも、だった。拓斗は、できるなら母親をひとりにしたくなかったのだが、このときはむしろ八重子が追い出すように拓斗を家から出した。海翔についても同様である。

その八重子が拓斗と海翔を呼びつけたのだ。気が重い。

とにかく、双子たちを車から降ろさなければいけない。

「おい、起きろ。着いたぞ」

半分、お昼寝に入りかかっていた心陽の肩を軽く叩いて起こした。

「うーん……」

遥平は起きていて、自分でチャイルドシートのロックを外している。地面に足が着くと、伸びをしてあくびした。

海翔が車にロックをかけ、「兄さん、インターホンをどうぞ」と持ちかけた。

「マジかよ」

「年功序列です」

渋々と拓斗がインターホンの前に立つ。最初の第一声くらいは営業らしくシミュレーションしておくべきだろうか……。

そのとき、実家の玄関のドアが音を立てて開いた。

「遅かったじゃない」

と、中年の女性が出てきた。拓斗たちの母・八重子だった。ボブに切った髪は黒く染めているので若く見える。こざっぱりした服を着て、清潔感があった。拓斗たちを歓迎するように笑顔を浮かべている。笑った顔が拓斗と海翔にそっくりだった。

インターホンを鳴らす前に八重子が顔を出して、拓斗が不意打ちされた格好になる。

「い!?　お袋。何で!?」

「何でとは何。外で車が止まる音がしたから出てきたのよ」

拓斗の言い方に一瞬憮然となった八重子が、双子たちを見つけた。

「あら。まあまあ」

心陽と遥平が無表情で立ち尽くす。見知らぬ人に会った緊張によるものだった。

八重子はサンダルを引っかけると小走りで玄関から出てきた。

「あ、あのな、お袋。ちゃんと説明するから」

と拓斗が慌てて双子たちの前に出ようとしたが、八重子に排除される。

「あなたたちが、私の〝孫〟なのね？」

八重子が満面の笑みで心陽たちの前にしゃがみ込んだ。声が高い。

「あ……」

「…………」

心陽も遥平も、さっきまでの賑やかさはどこへやら、突如現れた〝おばあちゃん〟に困惑していた。

「まあーほんとにかわいい。目元は拓斗にそっくり。口の形は海翔かしら」

「母さん、別にこの子は兄さんと僕の間に生まれた子ではありません」

海翔が冷静に指摘する。

「そうだったわね」とすんなり八重子が認めた。だが、相変わらず心陽たちを見る顔が笑みで崩れている。

「ほんとかわいい。はじめまして。〝ばあば〟ですよ」

「ばあ、ば？」

「…………？」

心陽たちがまだ微妙についていけない。

「ぷっ……〝ばあば〟ときたか。急に年取ったな、お袋」

拓斗が思わず吹き出し、八重子に睨まれた。

八重子は双子たちにまたでれでれの笑顔を向ける。

「ふたりともお名前は？　ばあばに教えて」

やっとのことで心陽が拓斗を見上げた。拓斗が頷き返すと、心陽が声を張った。

「ほしのこはるですっ」

心陽に続いて、こちらは蚊の鳴くような声で遥平が名乗る。

「ほしのようへいです……」

海翔が、よくがんばったと遥平の頭を撫でると、遥平の表情がちょっと和《やわ》らいだ。

ふたりとも保育園で挨拶したときよりも滑舌がよくなっている。

「心陽ちゃんと遥平くんね。おりこうさんねー」

とうとう八重子がふたりを抱きしめた。

「思い出すわー。拓斗や海翔が小さかった頃。いまはこんなに憎らしいけど」

「分かった。分かったからとりあえず中に入ろうよ。ご近所の目もあるんだし」

拓斗が恥ずかしげに言うと、海翔も同意する。八重子もいまの状況に気づいたが、笑顔で立ち上がると心陽たちの手を取って家の中に入っていった。外聞や世間体よりも〝孫〟のかわいさが勝ったようだった。

「そう……。いろいろ大変だったのねぇ」

これまでのいきさつを話すと、八重子は、憐れみの表情で抱きしめてきた。対象は決して拓斗や海翔ではない。心陽と遥平だった。出されたオレンジジュースを飲んでいた心陽がまだ緊張気味にハグされ、遥平は多少変な角度で身体を曲げながら抱きしめられている。

冷たい麦茶を飲みながら拓斗が文句を言った。懐かしいコップ、懐かしい冷たさだった。

「俺たちだって大変だったんだけど」

「何言ってんのよ。知らない道を一生懸命歩いて初めて見る〝パパ〟のところに辿り着くなんて、健気で涙が出てくるじゃない」

オレンジジュースのあとはケーキが出てくる。遥平がやっと笑顔になった。

「うーん。僕たちが子供の頃に、こんな豪勢なおやつが出てきたことはないですね」

真面目な顔で海翔が過去を振り返っている。心陽と遥平は、いただきますをしてケーキにフォークを刺した。いつも通りに一心不乱に食べている。

「お袋、本当に俺たちも大変だったんだから」

「あんたたちの大変さも〝大変〟だっただろうけど。この子たちのお母さんはもっと〝大変〟だったんじゃないかしら？」

八重子の指摘に拓斗は、久しぶりに胃の辺りを殴られたような感覚がした。

「……それは、そうだと思う」

ふと見れば、八重子の目つきが冗談ではない、真剣な光を帯びていた。

「拓斗、海翔。おまえたちはこのふたりの子をどういうふうに育てたいの？」

「え？」

「だってそうでしょ。少なくとも母親と連絡がつかない間は、ずっとおまえたちがこの子たちの面倒を見るしかないんだよ」

そのつもりでいたことではあるが、改めて突きつけられるとショッキングだった。

「〝ばあば〟が見る、なんてことは――」

「お母さん、本当に怒るよ」

八重子が軽蔑の表情で拓斗を見ている。

「冗談！　冗談に決まってるじゃないか」

拓斗のたちの悪い軽口に、心陽が怒った。

「たくと、きらい！」

「ほら、嫌いって。そうよねー。そんなこと言うパパなんて嫌だもんねー」

「ねー」と心陽が調子を合わせている。敵の敵は友、といったところか。遥平がことの成り行きを心配そうに見つめている。

「ちゃんと、俺は！　責任持ってずっと育てるよ」

拓斗が言い切った。

「当たり前です」

と言って八重子が座卓に両手をついて立ち上がる。よっこいしょ、というかけ声に母の年を感じた。そのときだった。八重子は台所の方へ行こうとしたのだが、不意につまずいた。拓斗が慌てて腰を浮かせる。

「おいおい、お袋。どうしたんだよ」

「大丈夫よ。ちょっとつまずいただけだから」

「ちょっとって……」

海翔もそばに来た。だが、八重子は拓斗たちの手を払うようにして自力で冷蔵庫に辿り着くと、麦茶を取り出してきた。拓斗の麦茶のおかわりらしい。

「この前、夜中にトイレ行こうとして転んじゃってね」

「早く言えよ。麦茶なんて自分でやるから」

拓斗がさっさと麦茶の瓶を取って座卓へ持っていく。「やあねえ、年寄り扱いして」と苦笑しながら八重子が座卓に戻り、海翔も戻った。海翔が座卓にあった柿の種を食べながら質問する。

「母さんは――どうして僕たちをわざわざ呼んだの?」

「事情を聞かせてもらうためよ」

「事情といわれても、もう話してしまいましたし、すんなり納得してしまいましたよね?」

「別にすんなり納得したわけではないわよ? けれども」と八重子が再び〝孫〟たちの顔を見つめた。

「こんなにかわいい子たちが〝孫〟だなんて。そのうれしさの方が遥かに上回ってしまったわ」

「感情が理性を凌駕《りょうが》したのですか」

「何となく言い方が気に障るけど、そういうことにしておきましょ」

拓斗は、きょろきょろとふたりの顔を見ている遥平に「大丈夫だ」と言って、頭を撫でておく。どうやらケンカではないらしいと、遥平は安心していた。

「ではもう帰ってもよろしいのでしょうか」

「何で帰るのよ」

「いえ、用が済んだのなら、家で本でも読みたいなと思って」

海翔は八重子が嫌いなわけではない。ただ、変に長居して根掘り葉掘り聞かれるのは面倒だと思っているようだった。拓斗が一通りの説明をした以上、双子はさっさと連れて帰りたいというのが本心らしい。

そんな海翔の本音を知ってか知らずか――たぶん知っていて無視したのだと思うが――八重子は眉をひそめた。

「何言ってるのよ。ちゃんと泊まりの準備はしてきたんでしょ？」

「まあ……」

「だったら泊まっていきなさい。今夜は、ばあばがおいしいものを作ってあげるから」

後半は双子たちへの台詞だった。早速、「ほんと!?」と心陽が食いつき、遥平が無言で目を輝かせる。

「ね、泊まっていきなさい」と、八重子が拓斗に繰り返す。

拓斗がうんといえば、海翔はたいてい反対しないからだった。

「まあ、もともと泊まっていく約束だったし、泊まっていくよ」

心陽が喜んで両手を上げた。拓斗だって、たまには実家でのんびり過ごしたい気持ちもある。八重子は、突然現れた〝孫〟に怪訝な目を向けるどころか、受け入れ、かわいいと思ってくれていた。それが拓斗にはうれしかったのだ。

「はーちゅん、さっきのこうえんいきたい」

「お母さんも公園に行こうかしらね。ふたりが遊んでいるところが見たいし」

普段は無表情な海翔が明らかに物憂げな顔つきになった。さっき、麦茶のおかわりを取りに行こうとしてつまずいた八重子のことが頭にあるのだろう。

「公園か……」

拓斗も唸るような声になった。

「あんたたちふたりだと、公園なんてあんまり連れていってあげてないんじゃない?」

図星だった。若いとはいえ、拓斗も保育園の送り迎えをしながらウイークデーはフルで働いている。家事を海翔と分担しているだけ、世のシングルマザーよりは楽だろうが、十分疲労がたまった。土日はできれば家でのんびりしていたい。いきおい、子供を連れて外に遊びに行くよりも、家の中にいることの方が多かった。それでも子供たちは少ないながらもおもちゃで遊んだり、絵本を読んだり、何かしらのルールを決めてごっこ遊びみたいなことをしたり、歌ったり踊ったり……。家の中にいても、子供たちなりに工夫して遊んでいた。

共働きをしないと家計が苦しいことの多いこのご時世、子供を持たない、あるいは持ちたくても持てない家庭があるのも致し方ないように思う。仮に親の援助が受けられたり、お手伝いさんを雇うお金があれば、事情はだいぶ違うだろうなと拓斗は思っている。自分が〝パパ〟になって実感したのは、少子化は愛情不足とかよりも、経済問題がまずは大きいのではないかということだった。子供のためにと働けば、子供と遊ぶための時間や体力が費やされてしまう。専業主婦が楽だとはこれっぽっちも思わないけれど、働きながら子供を育てるのは体力も気力も想像以上に必要だと分かった。

「まあ、確かにあんまり外に出ないかもしれないけど……」

「あんまり？」と心陽が驚愕《きょうがく》の目を向けた。うるさい、黙ってろ。

「かいとにいちゃんは、げーむおしえてくれるよ」

と、遥平ががんばって助け船を出してくれた。

だが、これはまさにやぶ蛇だった。

「海翔……あんたこんな小さいうちからゲームなんてやらせて」

「いえ、違います」

海翔がメガネを直しながら言い訳する。

「これはあくまでも余暇を楽しむ一貫です。母さんもご存じの通り、僕も兄さんも仕事を持っています。そのため、どうしても子供たちと遊ぶ時間は夜になってしまう」

「それはそうでしょう」

「夜、僕たちが小さな子供を連れて公園で遊んでいたら、そもそも物騒ですし、場合によっては警察を呼ばれてしまうかもしれません」

八重子が苦笑する。

「職務質問されるでしょうね」

「そういう危険を排除しつつ、子供たちと遊ぶためにはゲームはとても有効な手段です。しかも、ゲームゲームと言いますが最近ではｅスポーツと呼ばれてオリンピック競技にもなろうとしています。ひょっとしたらこのふたりのどちらかが、日本を背負って立つプロゲーマー、いやプロのｅスポーツプレイヤーになるかもしれない。そう思って僕はあえて子供たちとゲームに興じているのです」

立て板に水の要領で海翔が滔々《とうとう》と論じた。

「すごいな、海翔」と拓斗が感心したように腕を組んだ。「完璧な詭弁《きべん》だ」

昔から論が立つ奴ではあるのだ。しかし、母親である八重子を煙に巻くためならば、先ほどのようにすらすらとしゃべるとは……。八重子は、やれやれまた始まったと言わんばかりの顔だった。

「詭弁とは何ですか」と海翔が憤慨する。

「おまえ、大学でちゃんとまともなこと教えているんだろうな」

「当たり前です」

海翔が自信たっぷりの雰囲気で、メガネを直す。かえって怪しい……。

「オフの日の海翔は、問答無用のインドア引きこもりゲーマーじゃんか。むしろこの双子が来てくれたから、しばらくはゲームを遠慮してたのに」

「この子が興味津々にしているのでかわいそうに思っただけです」

と、海翔が遥平のせいにする。遥平がうんうんと頷いていた。健気だ。

「それは俺も知ってるよ。けど、あんまりゲームばっかりさせちゃダメだろ」

「それではどうしろと？　夜の公園で補導されに行きますか？」

珍しく海翔の〝詭弁〟がヒートアップしていた。拓斗は頭をかいた。

「極端なんだよ」

「ではどうしますか？」

「休日なんかは、せめて一日くらいは外遊びに行かせるべき、なんだろうなとは思う……」

と、拓斗の言葉の語尾が弱くなる。心陽と遥平が拓斗の発言にものすごく注目していた。下手な言質《げんち》を取られるのは勘弁願いたい……。

「休日となると寝てばかりいる兄さんに言われたくありません」

「しょうがないだろ。土日くらい寝させてくれよ」

「だから、その分、僕がゲームで遊んでるのではないですか」

と海翔が拓斗を睨むようにする。遥平が、「よーちゃん、げーむもすき」と助け船を出してくれていた。

「少しはおまえも外に出ろよ。一緒になって遊ばなくてもいいから、公園に連れていって、日の光を浴びろって」

「むしろ平日にキャンパスを歩き回っているからセロトニンは足りています。休日も部屋で調べ物がありますから部屋に籠もりたいのです」

双子たちがちょっと眉根を寄せて拓斗たちの言い合いを聞いていた。拓斗はそのことに気づき、舌戦を打ち切って、立ち上がる。

「とにかく、今日くらいは公園に遊びに行こうぜ。俺たちが小さい頃に遊んでた公園だけどよ」

拓斗が双子たちに言うと、ふたりの表情がぱっと輝いた。

「やったー」

「かいとにいちゃんもいこう？」

ところが海翔がまだ微妙に難しい顔をしている。

「見知らぬ土地で外遊びをすることのリスクは回避すべきではありませんか」

「何でそうなるんだよ。実家だろ」

何なら、通っていた幼稚園、小学校、中学校、目を閉じたままますべて案内できるくらいに知り尽くしている。海翔だって同じはずだ。

「この子たちには見知らぬ土地です」

「見知らぬ土地の公園だから楽しいんじゃねえか。なあ？」

「うんっ」と心陽が元気に応えた。遥平も、こくこく頷いている。

「よっこらしょ」と声を上げて八重子が立ち上がる。「じゃあ、近くの公園に行きましょ。それで帰りにお買い物して」

心陽と遥平が先を争うように外へ出ていった。拓斗が「道路に飛び出すなよー」と声をかけて後に続く。海翔も腰を上げた。だが、その場に立ち尽くし、まだ何か言いたげだ。

「母さん……」

「ほら、行くよ。今日はふたりの好きな鶏団子鍋にしようと思うから」

八重子が海翔の背中を押した。身長は高くなったけれども、海翔の身体を押す八重子の力は昔と変わらないように思える。足取りはスムーズで、もう転びそうな気配はなかった。

拓斗たちの自宅のそばの公園は、結構広い公園だった。真ん中になだらかなピラミッド状の大きな山があり、登れる場所が三面、滑り台になっているところが三面あった。そのせいで、みんな「お山の公園」と呼んでいた。

「久しぶりだなぁ」

「そうですね」

「何となく、昔より広く感じる……」

小学校の校庭などは、大人になってから再訪すると狭く感じると聞いたことがあるが、その逆というのはどういうことだろうかと拓斗は頭をひねった。

「周囲のコンクリートの低い壁がなくなったからでしょ」と海翔が指摘する。

海翔の言うとおり、大人の腰より下くらいの高さで、幅五十センチくらいの壁のようなものがぐねぐねと公園を取り囲んでいたが、それがなくなっていた。

「ああ、上がったり下がったり、段になってたり横が穴になってたりした低い壁か。確かにないな。端からスタートして出会ったところでじゃんけんで戦ったっけ」

「〝どんちけた〟でしたね。僕はそもそもあの壁の上り下りが苦手なので、ものすごい速さで攻め込まれました」

双子たちはすでに遊具に走っていっている。心陽がちょっと迷ってブランコを選び、ぐいぐいこぎ始めた。遥平も隣のブランコに座ったが、じたじたと動いているだけ。動き始めるにはまだ時間がかかりそうだ。

兄弟が懐かしげに過去を振り返っていると、八重子が付け加えた。

「一昨年、それで遊んでいた子供が足を滑らせて頭を打って怪我をしたのよ。幸い、少し縫っただけだったけど、危ないからあの壁をぜんぶなくせって話になって」

拓斗が苦い顔になった。

「俺らの子供の頃だって怪我する奴はいたけど、そんな騒がなかったよな。過保護なんじゃねえの？」

「荒くれ者の兄さんらしい意見ですね」

「誰が荒くれ者だ」

「いまはいろいろとうるさいんですよ」

拓斗が口をへの字にする。

「そんなことで、根性のある人間が育つのかな」

「いまどき根性論は部活だって流行《はや》りませんよ」

海翔に根性という単語は絶対に似合わないよなと拓斗は思う。

「ゆとり世代ってやつか？」

「いまはその上のさとり世代だそうです」

「悟りといえばお釈迦さまだけど、お釈迦さまは毎年東京と名古屋くらいの距離を往復しながら説法されてたんだぞ。お釈迦さまに謝れ」

やっと遥平のブランコがまともに動き始めた。ふたりできゃいきゃいやっている。

「何事もやさしくやさしく。それがいいとは僕も思いません。西洋のことわざにも『地獄への道は善意で舗装されている』ともいいますし」

「お、意見が合ったな」

「かといって外遊び大賛成かというと、ケース・バイ・ケースではないですか」

海翔が無表情に双子を見つめたままそう言った。

「おまえはインドア派だからか」

「それもありますけどね」

ブランコを捨てて、心陽が中央のお山の滑り台へ走る。遥平が「まってー」と、慌ててブランコを止めにかかる。

「小さい頃に身体を動かして基礎体力をつけることは大事だろ」

「たしかに。けど、それはあくまでも親――あの子たちなら僕たちのどちらか――がそばにいないと危険でしょ。それこそ転んで頭を切ったりする」

「誰かがついていないといけないのはそうだろうけど、怪我については言い出したらきりがないんじゃないか？　俺、小さい頃、実家のリビングのドアに頭打って三針縫ったよ？」

拓斗が前髪を上げて額を見せる。二歳の頃の傷だ。すっかりきれいになっている。

拓斗としては、多少の怪我があっても双子たちに伸び伸び外遊びさせてやりたい。

「そういえば、あの壁以外にも何か足りない気がしますね」

「うーん」と拓斗が周りを眺める。確かに、妙に広々としている一角がある。

「〝地球ジム〟もなくなったのよ。あの丸いジャングルジムみたいなの」

と、八重子が答えを教えてくれた。拓斗と海翔のふたりが「ああー」と手を打つ。

「あれもなくなったのか。ぐるぐる回すの楽しかったんだけど」

「その、回しているときに落ちて頭打った子がいて」

「あー」

と、拓斗が嘆息する。それは大事になっただろう。

「箱ブランコみたいに死んじゃう子供が出る前にって、撤去」

海翔がため息をついた。

「現実に、子供が遊ぶ場所自体が減っているのに、それに加えて遊具までなくなっていく……。本当にそれで子育てに〝やさしい〟んでしょうかね」

「俺たちの小さい頃でも、もう小刀で鉛筆を削るって先生がやろうとしたら大反対している親もいたからな。小刀は人を傷つけるって。そういう使い方じゃなく、鉛筆を削ったり正しい使い方を教えるべきなんじゃないのって、小さいながらに俺は思ったけどね」

海翔と拓斗の言葉に、八重子が苦笑する。

「ふたりの言うこともよく分かるし、私も拓斗たちの意見に賛成だけど、亡くなってしまった子供や怪我した子供のことを思うと、強くも言えないものよ」

やるせない思いが背中にのしかかるのを感じた。

「たくとー、すべりだいー」と心陽が手を振っている。

呼ばれた拓斗が一緒にお山の滑り台を登って、一緒に滑る。本気で楽しんでいる笑顔だった。

「海翔、おまえも来いって」

「怪我しそうで嫌です」

「しらけること言うなよ」

拓斗が重ねて誘うと、海翔ものろのろとやって来た。

「意外に高いではないですか」

「ビビったか」と拓斗が笑う。

「かいとにいちゃん、だいじょうぶ？」

と遥平が心配顔で覗き込むので、虚勢を張った。

「怖いわけないじゃないですか」

本当は怖い。たかが子供の遊び場と思っていたのに。子供の頃は平気だった滑り台の高さが、大人になったら急にくらくらするほどに感じる。

「かいとって、へたれ？」

などと心陽に言われては、黙っていられない——はずなのだが。

二回ほど滑ったら、もう限界だった。

「だらしねえな」

「身体は正直でした」

双子たちが海翔の腕を引っ張るが、静かに首を横に振るばかり。見かねた拓斗が双子たちと追いかけっこを買ってでてくれた。その間に海翔はベンチに座り、八重子も座る。

双子も拓斗も元気だなと海翔がげんなりしていると、八重子が小さめの声で話しかけてきた。

「あの子たちのこと、和香ちゃんから最初に聞いたときにはびっくりしたわよ？」

心身の弱っているいまその話題を振りますか、と思ったが、これはかりはうやむやにできる内容ではない。海翔はなけなしの根性を振り絞った。

「折を見て僕たちから話そうとは思っていました。てっきり僕たちがもう話してあるのだと思っていたのでしょうね、和香姉ぇ」

和香にも悪いことをしたと、海翔としてはいたたまれない。

「和香ちゃんも手伝ってくれてるんだって?」

「いろいろサポートしてくれてるので助かっています。正直、どうしてそこまでしてくれるのかと思うときもありますが」

まだ拓斗に気があるのだろうか、とは言わなかった。その拓斗は心陽を捕まえようとしてするりと抜けられ、思い切り転んでいる。

「あーあー、あんなに泥だらけになっちゃって。拓斗はしょうがないねぇ。——和香ちゃん、小さい頃から家庭のことでは苦労しているから」

「母さんも和香姉ぇの、その、家の事情みたいなものは……」

知ってたわよ、と八重子が答える。

「もう海翔も知ってるだろうから話すけど、妹さんと小さい頃に別れ別れになってるから、あの双子たちにどこか自分たち姉妹を重ねて見てて、それで放っておけないのかもね」

「母さんは、和香姉ぇの妹さんのことはどのくらい知ってるのですか」

「このまえ和香ちゃんと話したときには、オーストラリアにいるって聞いたけど」

「オーストラリア？」

「あら知らなかった？　じゃあ、いまのは内緒にしておいてね」

和香の妹がオーストラリアにいるのは初耳だった。和香からもそんな話は聞いていない。それどころか、先日のハンバーグの日の話では全然会っていないものだと思っていた。それこそ、生き別れに近いイメージを勝手に持っていたのだが。

けれども、そういうこともあるだろう。話したくないことだってあるだろうし、子供たちがいたから言いにくいこともあったかもしれない――。和香に関する限り、海翔は圧倒的な性善説に立っていた。

「それは別にいいですけど……。オーストラリアで何をしているのですか？」

「三つ星レストランのシェフにスカウトされたんですって。すごいわよね」

「へえ。そりゃあ……」

和香に似た顔のシェフが三つ星レストランで働く様子を想像する。なかなかカッコイイと思った。

「ふふふ。それにしてもあの双子ちゃん、お母さんの見立てだと拓斗の小さい頃によく似ていると思うわ。あんたたちのどっちが父親かと聞かれたら、拓斗の方に一票入れるわ」

「そうですか」

かなりの確率でそうだろうと予想はしていたが、実の母からそう言われると意外にショックだった。自分でも知らないうちにあのふたりへの愛着が増していたようだ。けれども、拓斗の方がいろいろな意味で〝父親らしい〟だろう。そろそろ自分は〝おじさん〟ポジションだと腹をくくらなければいけないのだろうなと海翔は思った。

しばらく本気の追いかけっこが続き、ほどよく息が上がった拓斗が海翔のところへ戻ってきた。

「こんどは、ばあばとすなあそびする」

「ばあば、あそぼ?」

垂れ眉のかわいい双子に見上げられて、八重子の目尻が下がる。

「あら、お砂遊び? じゃあ一緒に遊びましょうね」

双子たちに両手を握られながら、満面の笑みで八重子が砂場に引かれていった。

「あんま、ばあばに無理させるなよー」と拓斗。

「はーい」

双子たちを見送りながら、拓斗が海翔の横に座った。

「孫ってやっぱりかわいいんだな」

「そのようですね」

息を弾ませて額を拭っていた拓斗が突然こんなことを言った。

「あのふたりは将来どんな大人になるんだろうな」

「そうですねぇ……」

だいぶ回復した海翔が、砂場をぼんやり見つめる。

「ばりばりのキャリアウーマンと研究者でしょうか」

「マジかよ」と拓斗が振り向く。

「研究者って、そんなにおまえに似てるのか」

「ゲームも好きですし」

「そうかもしれないけど、それって、いまこの瞬間のふたりを見て、言ってねぇか」

「まあ、そうですね」

心陽と遥平が砂で山を作り、八重子がそれをにこにこと眺めていた。

「俺にもあいつらがどんなふうになるか分からないけど、安定的な収入は取ってほしいよなあ」

「ほう」

「やっぱり、お金の心配をしないくらいのお金って、大事だろ」

拓斗の実感だった。ない袖は振れないし、ない袖だからこそお金をちらつかせて人の人生や仕事や夢にあれこれ入り込んでこようとするものを、拓斗はいろいろ見てきたのだ。

「それも大事だけど、それだけでは人生つまらなくないですか」

「おまえ、そう言うけど、いまはそれを稼ぐのだって大変なんだぜ？　税金とか社会保険とか年々高くなってて。そもそも正社員になるのだって大変だし」

「だから、研究者ですよ」海翔が息を吹き返したように力説し始める。「学徳を磨き、人類の知に貢献する。文系でも理系でも、研究者にひとりはさせたいですね」

「研究者こそ、食べていくの大変だろ？」

その点、この若さで准教授になれて、まだローンがあるとはいえ外車を購入できた海翔は、とても運がいいと思う。

「そうですけど、人間、食べていくためだけに生きていくのはつらいでしょ？　世の中の役に立つ仕事をしているという実感がないと」

「まあな。自分の仕事を通して社会貢献したいっていう気持ちは大事だと思うよ」

「だからやっぱり知的職業ですよ」

子供たちの将来をあれこれ言い合うなど、兄弟というより夫婦のようだ。

「いや、ドラッカーとか読めば、大学教授とか以外でも知的職業はあるぞ」

すると海翔は頬を赤くして熱心に反論した。

「兄さんだって昔は学問が好きだったじゃないですか」

「そりゃ学生だったからな。それよりちゃんと仕事して、ものづくりしたりして新しい付加価値作って世の中のお役に立って、それでお金をもらう。そうであってこそ社会が進歩するってもんだろ」

「学問なんてどうでもいいと？」

海翔がやや乱暴に聞き返すと、拓斗も声を強くした。

「何でそんな極端になるんだよ。学問は大事だよ。でも、社会に富を生み出す企業活動だって大事だろ。第一、社会に出た方が金が稼げる」

「兄さんはさ――」

そのときだった。

海翔がさらに激しい言葉をぶつけようとしたところで、砂遊びをしていたはずの心陽と遥平が目の前に立っていた。心陽が頰を膨らませて拓斗と海翔を睨み、遥平が眉を垂らして拓斗と海翔を心配している。砂場では八重子が呆れたような顔をしていた。

何事かと拓斗と海翔が双子を見ていると、心陽が拓斗の手をとり、遥平が海翔の手を取って、握手させる。

「なかよし！」と心陽が強く言い渡した。

「けんか、だめよ？」と遥平が小首をかしげる。

拓斗と海翔が顔を見合わせた。気まずい。何となく顔が熱くなった。とうとう八重子もこっちにやって来た。

「拓斗と海翔は仲良しだもんねー」

と、八重子が拓斗たちに笑いかけた。子供たちの前でケンカはよくない。拓斗は苦笑し、海翔は無表情に、ふたりは握手を続けた。

「なかよし、だいじ」「ほんとだよ？」と双子が拓斗たちを覗き込んだ。

「偉いわねー、ふたりとも。……ほんと、子供を育てるのって楽しいわよね？」

「楽しい……」

拓斗がおうむ返しに繰り返した。頭では分かっている。一緒に遊べば楽しかったりもする。けれども、心底笑顔でそう言い切れる自信がまだなかった。

「楽しいわよ？　この世で一番楽しい仕事だと私は思っているわ。個性あるひとりの魂が本来持っている輝きを損なわないように、丁寧に磨き上げていくというのは、とても創造的で楽しいことよ」

八重子の表現に拓斗は舌を巻いた。

「お袋、意外に哲学者だね」

「だけど、子育てはひとりでするには大変よ？　いろんな人の手助けが必要」

「確かに人間って、他の野生の動物と違ってびっくりするほど手がかかる生き物だよな」

馬なら生まれてすぐ立ち上がるし、たいていの動物は数年もすればすっかり親離れして巣立っていく。

「何でだと思う？」

「え？」八重子が急に反問してきて、拓斗は答えに困った。「まあ、そういうふうに神さまが創ったとしか言いようがないけど」

拓斗が答えをひねり出すと八重子が笑った。

「そうそう。さっき、お金の話をしていたみたいじゃない。この子たちの将来をどうするかって」

心陽と遥平がきょとんとした顔で拓斗たちを見上げている。

「まあ、何となく」

「子育てにもお金は大事よ？　だから、共働きの家だって多いし、おかげで子供が欲しくても経済的理由であきらめないといけないことだってある」

「うん」

拓斗は素直に頷いた。その辺はとても身につまされるところだったからだ。

「じゃあ、赤ちゃんから大人になるまで国が全額お金を出してくれたらいいかって言ったら、お母さんは何か違う気がするのよね」

「へえ。それはどうして？　うち、そんな金持ちじゃなかったのに、俺たちふたりを大学まで行かせてくれたのは大変だったでしょ？」

拓斗が大学を出る前に父親が亡くなったけれど、八重子はふたりに大学をやめろとは言わなかった。

「難しい家計をやりくりして子供の教育費を捻出する苦労も、本当は親としての幸せなのよ」

「え？　どういうこと？」

「もし国がぜんぶお金を出してくれたら、それは楽かもしれないけど、子供たちは誰に〝ありがとう〟って言うのかしら？」

「あ」拓斗が呆然と呟くと、海翔が補足した。

「一般論でいえば、両親が貧乏でも一生懸命お金を工面して学校に行かせる後ろ姿を見た子供は、よい子に育つといいますよね。……僕はよい子ではなかったかもしれませんが」

最後のところは拓斗にしか聞こえない小声。

「せっかくお腹を痛めて子供を産んで、家族の誰にも〝ありがとう〟を言わない子供に育ったら、お母さんは悲しいな」

「……お袋には感謝してるよ」

拓斗が急にそんなことを言ったので、八重子は声を上げて笑った。

「ははは。別にそういう言葉を求めているんじゃなくてね。その分、自分の子供を大切にしてあげなさいってこと」

なぜなら、人間はお金で育つのではないから。

人間は、人間の愛情で育つのだから。

過去から未来へ。愛の流れが連綿と続くことが、人間社会の本質だから。

「なるほどなぁ……」と拓斗は腕を組んだ。どうやらまだまだ八重子には頭が上がらないようだ。

「人間が大人になるってそんなに簡単なことじゃないし、それだけ手がかかるからこんな複雑な社会だって作れるんだと思うのよ。だから、昔は向こう三軒両隣、ご近所みんなで子供を見てて、悪いことしたら自分の子供でなくても叱ったものよ？」

拓斗も海翔も、知らない大人からふざけすぎて叱られた経験はあった。

「いまそんなことしたら、不審者として即行で通報されかねません。……兄さん、気をつけて」

「何でだよ」

拓斗が不本意そうにする。

「兄さん、そういう〝昭和おやじ〟みたいなことしそうだから」

「うるせ」

八重子が笑いながら心陽と遥平の頭を撫でた。

「子供を育てにくい世の中になってるけど、だからこそ子供は宝。あーあ、私がもう少し若かったら私がこの子たちを育てるのに」

そろそろ買い物に行こうと八重子が呼びかけ、みんな公園の水道で手を洗う。心陽も遥平もハンカチを持っていなかったので、海翔が自分のを貸す。子供たちは手を拭き終わると八重子のところへ走っていった。

拓斗が手を洗っていると、海翔がハンカチを差し出す。

「大丈夫。持ってる。ありがとう」

「そう……」

ふっと、拓斗と海翔の間に和やかな空気が流れる。

さっきの件は、これで終わり。

「双子とお袋、いい感じだな」

心陽たちが八重子の両手を引いていた。八重子が笑いながら引っ張られていく。

その足運びが、どこかぎこちない。

「兄さん、母さんの足、大丈夫でしょうか？」

「ああ。左足を少し引きずってるように見えるけど、さっき以外は転んでいないし。

まあ、昔から腰が悪かったからなぁ」

拓斗がさらっと答えた。海翔がふっと息を吐いた。

「あんまり無理させたくないのですが……」

「双子と遊んでることか？　お袋、孫ができてうれしいんだろ」と、そこで拓斗はふと表情を改めた。「海翔なりに気遣ってるのも、気づいてた」

「…………」

「自分がいかにインドア派かを強調して、外に遊びに行ってお袋が双子に引っ張り回されないようにしてたんだろ？」

海翔が苦笑した。

「気づいてたのですか」

「当たり前だろ──弟のことだもの。でも、お袋に孫と遊ぶ楽しみを味わってもらった方がいいかなって。双子が無茶言ったら俺が一緒になって遊べばいいんだし」

海翔が深々とため息をついた。

「やっぱり兄さんは偉いよ」

「ははは。偉くないよ。偉かったらちゃんとさっさと結婚して、きちんと正式に孫を見せに来てる」

「ふふ。耳の痛い話です」

すでに公園の出口に行ってしまった八重子が「ふたりとも早くおいでー」と声を上げている。西に傾いた太陽が拓斗たちも公園も八重子と双子も赤く染め上げていた。

買い物を終えて帰ってくると、人員を二手に分けた。八重子と拓斗が夕食の支度をすることにし、双子と海翔が風呂掃除をしてから湯を張ってそのまま風呂に入ることにしたのだ。

普段のアパートと違って広い浴室だ。掃除をするのも水遊びを兼ねていて双子たちは歓声を上げている。

「あー、久しぶりに賑やかで楽しいわ」

夕食の食材を切りながら、八重子が喜ぶ。

「やっぱ、お袋、さみしいよな」

「あんたたちみたいな大きいのはもういらないわ。小さい子供たちだから、かわいいのよ」

どうあっても、男の子は母親の元からさっさと巣立つべし、を貫く八重子に、拓斗は苦笑するしかない。

「へーへー」

「お豆腐と鶏の挽肉は別に取っといてね。心陽ちゃんと遥平くんと一緒に鶏団子を作るから」

浴室の歓声が一段落したと思ったら、双子たちが台所へやって来た。

「ばあば、おふろあらったよ」

「きれいになったよ」

「ありがとう。お湯を入れたら、海翔と一緒に入りなさい」

すると、心陽と遥平がちょっと驚いたような顔をして、後ろの海翔を振り返る。

「ばあばは？」

「いっしょにはいらないの？」

「母さん――ばあばは僕とは一緒に入りません」

子供の発言というのはときとしてエキセントリックである。

「そうなの？」

「つまんない」

「もう大人ですから」

もし、八重子が自分から双子たちに「一緒にお風呂に入ろう」と言ったら、海翔は譲る気だった。ところが、八重子の方から海翔と一緒に入れと言っている。それだけ腰が痛いのだろう。

「ばあばがさみしかったら、はーちゅんにいってね。はーちゅんもういちどおふろはいってあげるから」

「はいはい」

と答える八重子。目尻が下がりっぱなしだった。

「よーちゃんもはいってあげる」

「ありがとう」

多少文句を言いながらも、双子を海翔がお風呂場へ連れていく。

双子たちが賑やかに浴室へ消えてしばらくすると、拓斗は八重子に話しかけた。

「ねえ、お袋」

「何?」

「……俺なんかが、あのふたりの親になってあげられるんだろうか」

息子の弱気を、八重子は笑い飛ばそうとした。しかし、そうするには拓斗の表情が深刻だった。

「どうしてそんなふうに思うの?」

「何となく、なんだけどさ」と拓斗が後頭部をかいた。「仮に俺があの子たちの親だとしたら、俺は付き合っていた相手の妊娠にすら気づかないで別れてたってことだろ? そんな薄情な奴が……あんな、かわいい子たちの〝パパ〟なんて名乗っていいのか、って」

「………」

　拓斗の息が乱れる。

「俺なんかが面倒を見るよりも、適切な施設の方がよっぽどましなんじゃないかって。でも、あいつら見てると、こっちまで楽しくなってくるから、一緒にいたい気持ちもあって。それって、俺のただのわがままなんだろうし、妊娠に気づかないで別れたときと同じエゴなんじゃないかって、また頭ん中ぐるぐる回るし。俺、ほんとひどい奴で、だから――あいつらのこと引き取ってから、まともに名前で呼んだこと、まだないんだよ。へへ。何か、怖くって」

　拓斗が自嘲するように言葉を吐き出していた。

　その拓斗を――すっかり大きくなって自分よりとっくに背が高くなった拓斗を、八重子がしっかりと抱きしめた。

「拓斗……っ」

「な、やめろよ、お袋――」

　もういい年なのに、いきなり母親に抱きしめられ、拓斗は恥ずかしかったけれど――なぜか涙が出そうだった。

「分かんないことがあって当然よ。だって、あんたは〝父親〟になってまだ一カ月くらい。生まれたばかりの赤ちゃんと同じレベルなんだから」

いた。

「お袋……」

拓斗の身体から力が抜ける。それを確認して八重子は抱擁を解くと、両肩に手を置いた。

「最近読んだ本で、生まれてくる前の記憶を持っている子供の本があってね。六歳未満の子供たちが多いらしいんだけど。胎内記憶といって、中には〝お母さんのお腹にいたときの記憶〟だけじゃないのよ。お母さんのお腹に宿る前に、一人前の大人として天国にいたときの記憶があるんだって」

「へぇ……」

「不思議なことにどの子も共通して言うのは、人間はみんな、生まれてくる前に、お父さんとお母さんの守護天使にお願いをしてくるんだって。『子育て大変だと思いますけど、どうか私を子供として産んでください』ってお願いにお願いを重ねるそうよ」

「生まれてくる前に、お願いして……?」

自分もそうだというのか。子供は親を選べないという言い方はよく聞くけど、六歳未満の子供たちが、あえて嘘をつく理由もないだろうし……。

「子供によっては過去世の記憶も持っていて、過去世でもお父さんお母さんになってくれてとっても幸せだったから、今回もお願いしますって頼んだっていうのよ。それで、みんな世の中のお役に立つためにって人生計画を立てて、天国の生まれ変わりの役所の許可をもらって、お母さんのお腹に宿るんだって」

「本当なのかな、それ」

初めて聞く話だけれども、疑おうと思えばいくらでも疑えるのだけど。なぜだろう。信じたいと拓斗は強く——願うように思った。

「確かに信じがたい話よね。でも、お母さんはそういう約束ってやっぱりあったんじゃないかなって思うの」

「マジ？」

「〝そういう親子の約束があるのだから、子供は親の言うことを聞け〟っていう意味じゃなくて、〝ああ、そこまでして私を親として選んでくれたんだ〟ってすごくうれしかった」

八重子の言葉が予想外なほど、拓斗の胸に深く刺さった。母親の言葉で涙がこみ上げてくるなんて、いい年した大人の男としては何だか恥ずかしい——。

「そう、なんだ」

拓斗もうれしかった。親子の関係がただの遺伝子上だけの関係でないのだとしたら、それはとても素晴らしいことだと思う。生まれたときは一緒にいてあげられなかった心陽や遥平に対して、自分はこれからの人生で挽回できるのではないか。

浴室の双子の騒ぐ声が、いままでにないくらい愛おしく感じる。

「親子とか家族っていうのはとっても深い縁だとお母さんは思うわ。その縁がきっと拓斗たちの間にもちゃーんとあるわよ」

そういって笑った八重子に、拓斗は癒やされる思いがした。

「じゃあ、みんな手を合わせて」拓斗の合図で、みんなが手を合わせる。

「いただきます」

双子たちが元気よく、海翔が平板に、八重子がにこにこと繰り返した。

「いただきます」

座卓の真ん中には土鍋が置かれていた。鶏団子鍋だった。白菜、人参、長ネギ、豆腐に鶏もも肉、そして鶏団子がカセットコンロの上でぐつぐつと音を立てている。八重子がみんなの分をよそい始めた。全員分そろう間に、拓斗と海翔は缶ビールを開ける。

「このとりだんご、はーちゅんとよーちゃんもてつだったの」

心陽が目を輝かせて報告する横で、すでに遥平がはふはふと鶏団子を食べ始めていた。ふたりが八重子を手伝っているのを拓斗も見ていたけれど、笑顔で褒める。

「がんばったな。きれいな形だ」そう言ってひとつ口に入れた。

「うん。うまい」

「とてもおいしいですよ」

と海翔からも言われて、双子がうれしそうにぴこぴこ動いている。

「とってもおいしいわよ、ふたりとも。ばあばより上手」

「ほんと？」

「やった」

「ほんとほんと」八重子の目がかすかに潤んだ。

「死んじゃったお父さん――じいじにも食べさせてあげたかったな」

「じいじもとりだんごすきだったの？」

「ええ。鶏団子鍋はじいじの好物だったのよ。それでうちでたくさん作るようになって、拓斗と海翔も好きになって」

「じいじ、いつしんじゃったの？」

当時を振り返って胸が詰まっているのか、八重子の返事が遅れる。代わりに海翔が答えた。

「兄さんが大学三年の頃に、父さんが死んだよね」

「……そういえば、親父が死ぬ前日の夜も鶏団子鍋だったな」

何の前触れもなかった。朝起きたら、父の身体が冷たくなっていたのだ。

鍋の音が居間に満ちた。海翔が鶏団子をもうひとつ口に入れる。

「……兄さん、それで院に行くのあきらめて、就職したんだよね」

海翔の沈んだ顔を、双子たちは不思議そうに見ていた。

「何を急に――久しぶりの鶏団子鍋でスイッチ入っちゃったか?」

拓斗が茶化してごまかそうとする。しかし、海翔は続けた。

「僕より頭よかったのに、兄さんは大学に残る道を自分で捨てて、僕や母さんのために――」

「どうしたんだよ、海翔。急にそんな昔話をして」

「今日でなければ、話ができない気がしたから」

拓斗はしばらく困ったような顔をしていたが、鍋の具を乱暴に口に放り込んで言い返した。

「……一応、長男だからな。おまえはまだ大学生だったし。俺にはこれといった取り柄がなかったから、大学に残っても海翔みたいに准教授になれなかったろうし」

八重子が黙って豆腐を食べている。

しばらく静かだった食卓の空気を、海翔が破った。

「鶏団子」

「あ?」

「兄さんの鶏団子は、僕のよりおいしいです。死んだ父さんもそう言ってました。

ゲームだって兄さんの方がうまかった。兄さんが本当は学問やりたかったのだって僕は知ってる。だから僕は――がんばったんだ」

拓斗が乱暴におかわりをよそう。

「俺は大学の先生になれるほど頭よくなかった。それだけだよ。だけど――おまえは俺の自慢の弟さ」

海翔は黙って鍋の具を食べ続けた。無言でおかわりをよそう。しゃべれば泣きそうだったからだ。

遥平が箸を止めた。膝立ちになると海翔を心配して頭を撫でる。海翔は堪えきれなくなってメガネを外した。

「たくとにいちゃんとかいとにいちゃん、やっぱりそっくり」

目元を拭っている海翔が黙って微笑み、拓斗が「そうかな」と苦笑した。

「おおきくなったら、たくとにもっとおいしいとりだんごをたべさせてあげる」

と心陽がおしゃまな発言をする。拓斗は湯気が目に沁みるように視界が揺らいだ。

「ああ、そのときを楽しみにしているよ。でも、今日の鶏団子は本当にうまいぞ――心陽も遥平も」

拓斗が双子の名前を呼んだことに、海翔も八重子も、誰よりも心陽たち自身が驚いた顔をしていた。けれどもそれはごく一瞬だけのことで、心陽と遥平の顔にじわじわとうれしさが広がっていき、爆発した。

「やった」

「うれしい」

拓斗は自分が発したふたりの名前の余韻を口の中であめ玉のように味わっていた。どのようなことがあってもいい、心陽と遥平には幸せになってほしいと祈りにも似た思いがこみ上げてくる。きっと、海翔も八重子も同じことを思ってくれるだろう。

そんな祈りの中で、子供たちは一心不乱に鶏団子鍋を頬ばっている。心陽がちらちらと拓斗を見ては、目が合うと笑顔でご飯を食べていた。遥平は鶏団子で口をいっぱいにしてはふはふとなっては、海翔から冷たい麦茶を勧められている。そんな双子たちを見る大人たちからは自然と笑い声が湧いてくるのだった。

けれども、これですべてめでたしめでたしにならないのが子供というものであり——八重子に言わせれば、それが子育ての楽しさなのだった。

第四章　お子さまランチと双子の秘密

翌日、みんな寝坊した。

「兄さん、兄さん」

「…………」

「兄さん、遅刻しますよ」

海翔が強めに拓斗の身体を揺する。

「…………あー？」

拓斗が出来上がった声を出した。

周りで何だかくすくす笑う声が聞こえる。テレビか。

「すみません。すっかり寝坊しました。九時半です。僕は一限を休講にしてしまえばいいのですけど。兄さんは確か今日、水曜朝の営業会議でしたよね」

「――水曜……営業会議っ」拓斗が飛び起きた。

「ヤバいヤバいヤバいっ」

起きた途端にいつもと違う部屋の様子に面食らう。ここはどこだ？　目の前には激しい寝癖の海翔が布団の上に座っていた。海翔の後ろに、同じようにひどい寝癖の心陽と遥平がくすくす笑ってる。

「たくと、ねぼけてる」

「かいとにいちゃん、たくとにいちゃんをからかっちゃダメ」

「あ？　あ？　あ？」

拓斗は状況が飲み込めずに慌てた。拓斗を起こした海翔はメガネはかけたもののぼんやりした顔で拓斗を見ている。普段と変わらない表情すぎて、状況が読めなかった。だが、よく見れば部屋の様子が違う。

「おはようございます、兄さん」

「あれ？　ここ、実家？」

拓斗の意識が急激に覚醒する。

「今日休みじゃねえか。海翔、おまえ、騙したな!?」

「騙される方が悪いのです」

「おまえなぁ……」

昨日、拓斗たちの実家に行き、夕食に鶏団子鍋を食べたあと、夜遅くまでトランプをしたのだった。トランプが終わる頃には心陽も遥平もすっかり眠っていた。それぞれ、拓斗と海翔の服の裾を掴んだまま。そうして、ほとんど荷物のないがらんとした拓斗たちの部屋に双子とともに四人で寝たのだった。

掛け布団がぐちゃぐちゃになっている。子供たちの寝相がだいぶ悪かったのだろう。

拓斗があくびと共に伸びをした。

「ひどい頭ですよ、兄さん」

「おまえもな。すげーよく寝た。やっぱ実家だと気が抜けるのかな。いま何時？」

「さっき言ったとおり、九時半です」

海翔の答えを聞きながら、拓斗はまたあくびした。

「そこは正確だったのか」

「海翔たちは何時に起きたの？」

「僕は九時過ぎです。しばらくぼーっとしてたら、心陽も遥平も目を覚まして」

拓斗は耳を疑った。どういう心境の変化か、海翔まで双子の名前を呼びつけで呼ぶようになっている……。

「はーちゅんのほうがはやくおきたんだよ」

「そっか、そっか」

と拓斗が心陽の頭を撫でた。強い寝癖の髪が、撫でても跳ねる。遥平が布団にまた転がり、伸びをした。

「うーん……おなかしゅいた」ろれつは回っていないが空腹ではあるらしい。

「ちなみに、遥平が空腹を訴えるのはこれで二回目です。さっきので兄さんが起きなかったら、放っておいて朝ご飯を食べに行こうかと話していたところです」

「ひでえな。それと、ごめんよ、遥平」

遥平がのそのそと布団の上に起き上がると、ノックする音がする。八重子だった。

「みんなー、起きてるー？」

「ばあばだ」

心陽がぱっと立ち上がって、ドアを開けた。

「あらー、心陽ちゃん。おはよう」

「おはようございます」

心陽が礼儀正しく挨拶する。

「いい子ねー。ちゃんと眠れた？」

「うん」

遥平も心陽の横に立って八重子におはようを言い、「おなかしゅいた」と訴えた。

「おー、お腹空いたね。大変大変。朝はご飯でいいの？　パンもあるけど」

「あるものをありがたくいただきます」と海翔が答えると八重子があきれ顔になった。

「海翔じゃなくて、心陽ちゃんと遥平くん」

「普段、うちの朝ご飯は米だけど、ふたりはどっちがいい？」

と、拓斗が立ち上がって布団をたたみ始めた。

「はーちゅんはパン」

「よーちゃん、ごはんがいい」

対立発生。ふたりはじゃんけんをする。心陽が勝った。遥平がさみしげな顔をしている。

「別にふたりばらばらでもいいんじゃね？」

と拓斗が言ったが、遥平はちょっと考える顔をして尋ねた。

「たくとにいちゃんはどっちたべるの？」

「俺？　たまにはパンにしようかな」

現実的な問題として、朝と言っても平日よりだいぶ遅い。すぐに昼食だ。ご飯であれパンであれ、昼食の時間になったらきっと双子たちは——特に遥平は——食事を欲しがるはずだった。そのとき、一緒に食べないわけにはいかない。父親らしいことが何なのかさえまだ掴めていないけど、子供たちがご飯を食べるときには可能な限り一緒に食卓を囲むぐらいはしたいのだ。

しかも、今日はさらに特別な理由があった。

「遥平くん、朝ご飯はパンの方がいいんじゃないかな？　いまからご飯食べてお腹いっぱいになったら、ショッピングモールで買い物したあとのお昼においしいもの食べられなくなっちゃうよ」

八重子の忠告に、遥平は真剣になった。

「じゃあ、よーちゃんもぱんにする」

「はいはい。みんなパンね。それにしてもひどい頭。顔洗って寝癖直しなさい」

「俺はシャワー浴びるわ」

拓斗がふらふらと立ち上がる。熱いシャワーを浴びなければあくびが抜けそうになかった。

双子たちは洗面所の水で適当に寝癖を直す。拓斗がシャワーを終えて座卓に着くと、空腹の遥平が半泣きだった。慌てて、みんなでいただきますをして朝食を取る。しばらく黙々と食べて、半分くらい食べたところで遥平に笑顔が戻ってきた。

約束通り八重子、拓斗兄弟、心陽たち双子の五人でショッピングモールへ行った。車なら近いのだが、あいにく、海翔の車に五人は乗れない。そのため、遠回りになるがバスを使うことにした。

「バスたのしー」

「ばすいいねー」

心陽と遥平がにこにことバスを満喫している。外を見るときにはちゃんと靴を脱いでいた。周りのお客さんに迷惑にならない声量かだけ心配していればよさそうだ。

その双子の様子を見ながら拓斗は感心した。

「子供ってすごいな」

「何がですか？」

「ただバスに乗っているだけで、こんなに楽しめる。大人だったら、よほどのバスマニアでない限りはこうはならないだろ？」

海翔は、拓斗のことを感心した顔で見つめた。

「急に悟りを開いたのですか？」

「そんなのじゃねえよ。けど、昨日からこっちで、お袋やおまえと話していろいろ俺なりに考えることがあったんだよ」

バスが住宅地を抜ければ、家々の形のひとつひとつが心陽たちの興味を引いた。緑の多い道を走ると、木々の織りなす陰影に顔を輝かせる。何もかもを楽しんでしまえる心が子供の心なのだろう。

三十分ほどバスに揺られて、ショッピングモールについた。すでに大勢の人と車が出入りしている。心陽たちは大喜びだった。いまにも走り出しそうなのを、八重子が手をつないで抑える。

「走っちゃダメよ。ばあばと手をつないでいきましょ」

はーい、と返事して心陽と遥平が八重子を左右から挟んだ。八重子はすっかりえびす顔になって歩いていく。拓斗と海翔の方が置いてかれそうで、小走りで三人のあとを追った。

「おっきいね」

「うん」

と、双子たちがきょろきょろしている。

「迷子にならないようにばあばと一緒にいるのよ？」

「はーい」

と心陽が八重子の手を握る。遥平も黙って八重子の手を握りながら尋ねた。

「ばあば、なにかうの？」

「ふたりのお洋服」

またしても心陽たちが歓声を上げた。

子供の歩調に合わせてショッピングモールを巡ると、普段は目に入らない店が目に入る。その分、拓斗も海翔も疲れてしまうのだが、我慢した。子供服売り場についても、山のように大量の服がハンガーに掛けられている。そのほとんどぜんぶが違うデザイン。大人の服のように同じモノがきれいに畳まれて何着かずつ重ねられていたりしなかった。

「ここからどうやって選ぶんだよ」

「さっぱり分かりません」

拓斗と海翔が首をひねっているうちに、八重子がどんどん買い物を進めていく。

「心陽ちゃんは何色が好き？」

「あか」

「女の子だもんね。赤とかピンクがいいよね。遥平くんは？」

遥平が口を小さく開け、いつも以上に眉を垂らして小首をかしげた。

「うーん……。青とか赤とか、黒とか」

「遥平くんも赤が好きなの？」

「うん」

好きな色を聞き出した八重子が適当にいくつかの服をチョイスしていく。わざわざ着替えさせたりしなかった。いま着ている服のサイズを参考にしつつ、新しい服を心陽や遥平の身体に当てて次々と比べていく。

「素早いね、お袋」

「何言ってるのよ、あんたたちが小さい頃、洋服を見るのが面倒くさくってすぐに飽きるから、そうならないように早くなったんじゃない」

あっという間にふたり合わせて十着以上の子供服がチョイスされた。ショッピングモールの安い店とはいえ、これだけ一気に買うとそれなりに出費だろう。しかし、八重子は楽しげに会計をしていた。会計を済ませた荷物を心陽と遥平が持とうとしたが、袋が大きいので拓斗と海翔が持つことにした。

「もうすぐお昼だけど、お腹空いた？　さっき朝ご飯食べたばかりのような気もするけど」と八重子が質問すると、双子たちが「おなかすいた」と言い始める。それではということで、レストランフロアへ移動することにした。八重子は洋服を手早く買い、ご飯に誘導することで、おもちゃ屋で足止めさせない計画らしい。やはり、伊達にふたりの男の子を育ててきたわけではないようだった。

ちょうどお昼になった頃のレストランフロアは、混み始めていたとはいえ、まだそれほどでもない。一回ぐるっと見て回った。あれこれ意見は出たが、お財布的な事情も鑑みて、お子さまランチがあるファミレスを選ぶ。五人だったが、小さな子供がふたりいるので四人がけのテーブルでいいと言ったらすぐに座ることができた。

子供たちはお子さまランチ、大人たちはランチメニューのイタリアンハンバーグセットを頼んだ。ドリンクバーもつけたので、子供たちはここぞとばかりに炭酸飲料を楽しむ。大人たちも同じで、八重子と拓斗はコーラ、海翔はメロンソーダだった。

子供たちが二杯目の炭酸を飲み、オリジナルドリンクを発明し始めた頃、お子さまランチが届いた。ケチャップのついたミニハンバーグ、フライドポテトにコーン、ナポリタン、唐揚げにちょっとした生野菜、一口ゼリーが二個。ご飯はお子さまランチらしく小さなドーム型で、国旗が立っている。

「おいしそう。いただきまーす」

心陽が両手を合わせた。ところが、遥平がさみしげな顔で海翔を見つめている。

「どうしましたか」

隣では心陽がうれしそうにひとつひとつの食べ物を確認しながら、最初に食べる物を考えていた。

「よーちゃんね、けちゃっぷきらいなの」

「……そうでしたね」

みんなでレストランなのが楽しくてテンションが上がっていたのだろう。嫌いなケチャップが載っているのを、メニューでしっかり確かめなかったのだ。遥平はハンバーガーでさえ、ケチャップとピクルスを抜いて食べるのに……。

「ケチャップのだけ、はーちゅんがたべてあげようか？」

心陽が持ちかけた。確かにそうすれば遥平もお子さまランチを食べられるだろう。しかし、そんなことをしたら、ハンバーグとナポリタンが消えるので、おかずが半減してしまう。遥平がますます悲しい顔になった。ケチャップが苦手な遥平だから、大人たちが頼んだ、トマトソースたっぷりのイタリアンハンバーグセットも食べられない。

「じゃあさ、遥平。これからだからちょっと時間かかるかもしれないけど、他のメニューを注文しなよ」と、拓斗がメニューを遥平に広げる。

「お子さまランチは俺たちで食べるから。食べたい物を改めて注文しな」

遥平が笑顔になって大きなグランドメニューに顔を突っ込んだ。あれこれと真剣な眼差しで物色する。その間に、遥平のお子さまランチを海翔が引き取る。

「遥平、お子さまランチの中で何か食べたい物があれば、先に食べていいのですよ」

「じゃあ、からあげたべる」

唐揚げを食べながら吟味した結果、うどんとねぎとろ丼セットを遥平は注文した。言うまでもないが子供サイズではない。大人一人前のうどんに、ハーフのねぎとろ丼がついていた。出汁のいい香りが食欲を誘う。ピンク色のネギトロは普通に寿司屋で見かけるようにしっかりしていた。デザートこそないが、お子さまランチと比べると三倍くらいは充実している。

「食べきれますか」

届いた料理を見て、海翔が心配した。

「うん」遥平は海翔の心配などどこへやら、両手を合わせた。

「いただきます」

「ねぎとろひとくちちょーだい」と心陽がしれっとお願いする。

人のいい遥平が頷く。

「うん。いいよ」

拓斗は、心陽ががっついたら叱ろうと思っていたが、本当に一口で心陽はおしまいにした。すでに心陽はお子さまランチをあらかた食べているから当然だろう。やはり、胃の大きさでは心陽は普通の子供のようだ。

遥平の健啖《けんたん》ぶりを驚嘆しながら、海翔と拓斗が余ったお子さまランチを片付けていたときだった。拓斗たちの視界の片隅に、心陽たちと同い年くらいの女の子が近づいてきた。

「こはるちゃん、よーへいくん」

その女の子が小さく手を振って覗き込んだ。

「あ、さっちゃん」

「………………」

心陽が手を振り返す。女の子相手だからか、遥平はちょっと固まっていた。

「どうした。知ってる子か」

「おなじほいくえんのさっちゃん」

拓斗が視線を持ち上げると、奥のテーブルのお母さんらしき女性が腰を浮かせて頭を下げている。拓斗も同じようにした。

心陽とさっちゃんが他愛のない話をしている横で、遥平は黙々とうどんを手繰《たぐ》っている。照れ屋の遥平らしい。

「こんどのおたんじょうびかい、こはるちゃんとよーへいくんもきてね」

「うん」

「あら、もうすぐお誕生日なの？」と八重子が尋ねると、さっちゃんは「うん」と頷いた。

「きょうはたんじょうびプレゼントをかいにきたの」

「よかったわねぇ」

さっちゃんがにこにこと話をしている。

「お誕生日会か、懐かしいな」

「僕たちもやりましたね」

拓斗と海翔が互いに過去を懐かしむような目をした。

「小学校の頃だったかな」

「兄さんの友達が賑やかすぎて、居場所がなくて困ったものです」

昔を懐かしみながらほのぼのと話していたときだった。さっちゃんが何の気なしにとんでもない爆弾を投げ入れた。

「こはるママは？」

そのひとことに、拓斗と海翔が氷になった。

子供は無邪気だ。無邪気ゆえにその言葉の爆弾の威力を自覚しない。無自覚の言葉ほど、ひどい惨事を引き起こすものはなかった。

拓斗と海翔が互いに顔を見合わせる。心陽や遥平が、お友達の何気ないひとことで深く傷ついたのではないか。拓斗と海翔は恐る恐る視線だけを動かした。

ところが、だった。

妙に明るい声で心陽が言い返した。

「はーちゅんのママはね、こんど——」

さっちゃんの質問に心陽がそのまま答えようとして——その言葉の方が、拓斗たち大人に衝撃を与えた。

これまで、拓斗や海翔が質問してもはぐらかしたり、知らないで済ませていた自分たちの〝ママ〟のことを、あまりにも自然に口にしようとしていたのだ。驚かないでいられようか。しかも、心陽はあくまで笑顔。そこには母親が行方不明だというさみしさや悲しさはなかった。

その声色は、明らかにひとつのことを明らかにしていた。

心陽は、自分の母親のことをもっと知っているということだ。

なぜいま姿を隠しているのか。どうして、父親として拓斗と海翔のところへ行くことになったか。場合によっては、次にいつ会えるのかまで知っているのかもしれない。でなければ、あの声の明るさは説明がつかない。あの明るさは、もはや会えないかもしれない相手を語る明るさではなく、未来での再会を知っている相手を語る明るさだった。

心陽自身、はっとした顔になった。

「はーちゅん、ダメだよ」

と遥平がたしなめる。再び拓斗と海翔に衝撃が走った。これで遥平もギルティだと分かってしまった。

「心陽、おまえ――ママのことで話してないことがあるんじゃないか」

「遥平、あなたも知ってますね？」

急に大人ふたりから詰問されて、心陽たちの目が泳いだ。何となく居心地の悪さを感じたのかさっちゃんが小さく「ばいばい」とつぶやいて、ママのところへ帰っていく。

「心陽――」と拓斗がもう一度名前を呼んだときだった。

「たくときらい！　かいともきらい！」

心陽が思いきり叫ぶようにした。幼児の少ない語彙ではそれが精一杯の感情の炸裂だった。隣では、遥平がただ眉を垂らして無言を貫いている。

心陽の怒った顔と遥平の悲しそうな顔を見比べていると、拓斗の記憶の扉を何かが叩いているのを感じた。一瞬、デジャ・ヴかと思った。記憶の矢印は明らかに過去に向かっていた。

『拓斗、嫌い！』

そう叫んだ大人の女性の声が一瞬聞こえたようだった。無言で悲しげに見つめた同じ女性の頬のラインが見えたように感じる。膨大な記憶の海の中で〝彼女〟は一瞬だけその姿を見せた。怒っている、悲しんでいるという感情だけが伝わるが、顔が思い出せない。時期も思い出せない。

けれども、いま俺はとても大切なものの影を垣間見たはずなんだ——。いつだ。何年前だ。社会人になってからか。学生の頃か。もっと前か。いろいろな女性たちの後ろ姿と輪郭がぼけた顔が過ぎ去る。その中には、なぜか和香の笑顔も交じっていた。それらが流れ流れて——ひとりの面影が残る。ひょっとして、あいつ——？

拓斗の思考を中断したのは、八重子の声だった。

「そ、そうだ。心陽ちゃんも遥平くんも来月お誕生日だったわね。なかなか一緒にいられないから、ちょっと早いけどお誕生日プレゼント買ってあげるね」

八重子が双子のご機嫌を取りにいく。海翔もそれに続いた。

「よかったですね。何が欲しいですか」

指先に触れそうだった〝彼女〟の姿は、もう跡形もない。ただ塞ぎ込んだ心陽と遥平がいるだけだ。心陽は黙って足をぷらぷらさせ、遥平はしきりに水をちびちび飲んでいた。

拓斗はため息をついた。

「お袋、俺も一応来週誕生日なんだけど」

笑顔で八重子に持ちかけてみる。

「あんたはもう大人なんだからいいの」

「だよね」

食事の会計を済ませ、再びショッピングモールの喧噪へ双子を連れていった。最終的に、服も靴も絵本もおもちゃも買って、山のような荷物になる。そのほとんどは心陽や遥平の物だった。心陽も遥平もうれしそうにしていたが、ときどきどこか沈んだ顔を見せている。それが、単なる疲れによるものか、先ほどの母親に関することなのか、拓斗にはどうしても分からなかった。

一晩寝た双子はとても元気になっていたけれども、もう〝ママ〟のことは双子たちも大人たちも触れられないでいた。

そうして何日かが過ぎ去り――保育園が休みの土曜日に事件が起こる。

朝ご飯をいつも通りに食べ終え、拓斗が食器を洗っているときだった。

音もなく近づいてきた海翔が耳元でささやく。

「兄さん……」

「うおっ⁉」

思わず茶碗を取り落としそうになった。

「どうしたんだよ」

「人生に疲れました」

海翔が燃え尽きた灰のようになっていた。拓斗でさえ引くレベルだった。

「お、おう……」

「ビール飲んでいいですか」

「朝から⁉」

拓斗がすっとんきょうな声を出した。海翔はそもそも酒をほとんど飲まない。その海翔が朝からビールとは……。

「飲まずにはやってられないのです。飲んでいいですか」

濡れそぼったコーンフレークのようにしなびきっている。

「ま、まあ、飲んでもいいぞ。今日は休みだしな」

「ありがとうございます」

海翔が幽鬼のように揺らぎながら冷蔵庫から缶ビールを取り出した。かしゅっ、という音を立てて缶を開け、ビールをあおる。海翔の喉が鳴っていた。わざわざ拓斗にことわってからビールに手を伸ばしたのは、たぶん話を聞いてほしいのだろう。

「〝飲まずにはやってられない〟何があったんだ？」

食器をすすぎながら声をかけると、海翔がビールをあおるのをやめて、うなだれた。

「朝ご飯のあと、部屋に戻ろうとしたのです。そのときに、兄さんの部屋のドアが開いていて、心陽と遥平が何かこそこそと話をしていました」

「ほう」

拓斗も気持ちがそちらに向いた。

「それで、『何を話しているのですか』と話しかけたのです」

「ふむ」

「そうしたら、心陽に『かいときらい、だいっきらい。でていって、へんたいっ』と絶叫されたのです」

「……………そうか」

拓斗も嫌いと言われるのは慣れているが、海翔が食らったように罵声のマシンガンを食らったら死んでしまう。変態までつけられて。フルボッコではないか。

海翔が幽霊のように笑った。

「幼女の罵倒って強烈ですね」

「分かった。もう何も言うな。飲んどけ」

「かたじけない」

二日酔いにならない程度にな、と心の中で付け加える。

それにしても、そこまで海翔をこてんぱんにするとは、よほど話しかけられたくなかったのだろう。拓斗はふと、前の日曜日のことを思い出した。子供たちがふたりだけでこそこそと話す。ひょっとしたら、ふたりの母親についてではなかったのだろうか。心陽も遥平も携帯電話やスマートフォンの類は持っていないし、何かしらの通信手段に使えそうな物は持っていない。しかし、最初から母親と何か約束を交わしていたらどうだろうか。たとえば「こんどママとあえるのはなつやすみだったよね」とか。そんなやりとりなら、海翔には絶対聞かれたくないはずだ……。

「なあ、海翔」

「もう一缶開けていいですか」

「ペース速いな。無茶するなよ?」

そんな日もあるだろうと、拓斗は大目に見ることにした。

「ありがとうございます。それで、何でしょうか」

「ああ。そのとき、心陽と遥平は何を話していたんだ?」

新しくビールの缶を開けながら、海翔が横目で拓斗をじろりとする。

「兄さんも〝変態〟呼ばわりされたいのですか」

「いいから」

相当重症らしかった。

「残念ながら、まったく内容は聞けませんでした」

「そうか」

と答えながら洗い物を終えてしまう。

「何か気になることでもあるのですか」

「海翔さ、このまえのファミレスでのこと覚えてるよな」

「ええ」

心陽が、自分の母親について「こんど」と口走ったことだ。あのとき以降、この言葉については心陽も遥平も完全に沈黙している。

拓斗と海翔の間では何度か話し合っていた。だが、肝心の心陽たちが口をつぐんでいる以上、憶測以上の結論は出ていない。その憶測というのも、「心陽はたぶん、何か自分の母親について自分たちに隠している」といったレベルだった。

「そのことについて、何か話し合っていたんじゃないかな」

「まあ、その可能性もないことはないでしょう」

「曖昧だな」

「本人の証言がないのですから、考えようがありません」

「そうだけどさ」

「先日、実家から戻ってすぐはそれらしい素振りはありませんでした。もし、そのことについての話し合うとしたら、どうして約一週間たった今日みたいな中途半端なタイミングなのですか？」

「それは……」

分からなかった。それこそ、双子に聞いてみないと分からない。

二缶目のビールを飲んでいる海翔の正面に、拓斗は腰を下ろした。洗い物をした手が冷たい。

「別にさ、その内容自体が気になるわけじゃないんだ」

「前もそう言ってましたね」

事情があることは分かっている。そうでなければ、こんなふうに双子だけを自分たちによこしたりしないだろう。自分が母親の立場でなくても、そのくらい分かる。

「ただ、何ていうか、隠し事されてるのがさ……」

「それも聞きました」と海翔が残りをあおる。「けれども、子供というものは徐々に親に隠し事をしながら大きくなっていくのではないですか？」

「それも分かるよ」

自分たちだってそうだったから。

積極的に隠しているつもりはなくても、学校や友達との世界が広がっていけば、必然的に親に何もかもを話すことが面倒くさくなっていって、どうしても子供だけの世界が増えていく。それが親離れであり子離れなのだろうけど――まだ、あの双子は四歳だ。

海翔が大きく息を吐いた。

「……ずいぶん、〝親らしく〟なりましたね。兄さん」

「え？」

「とうとう〝自分の子供だ〟と決定的に認める気になったんですか」

海翔からすれば、何気ないひとことだったのかもしれないが、拓斗の胸には痛かった。

拓斗はすでに――心陽たちの面影の向こうに、〝彼女〟を垣間見てしまっている。それがふたりの母だと断定できないもどかしさこそあれ――むしろ、そのもどかしさ故に――拓斗は自分との遺伝子的な縁をもっと真剣に考えなくてはいけないと思っていたのだ。

だがこれは、海翔にはまだ話していない。決定的な証拠は何もないのだから、ひょっとしたら海翔のほうが〝正解〟の可能性はあるのだ。だったら、海翔自身の父親としての自覚を妨げてはいけない。

「そういうわけじゃないけどさ」

拓斗の言葉の歯切れがよくない。

「眠くなったのでちょっと寝ます」

と、海翔がテーブルの上に顔をうつ伏せた。

「自由だな、おまえ」

「おやすみなさい」

まるでもうひとり子供がいるみたいだ――などということは、双子たちが来るまえは考えもしなかった。めんどくせえな、としか思わなかったのだが。

そうこうしている間に、海翔が寝息を立てる。酒なんて弱いくせに……。

空いたビール缶を片付け、改めて椅子に座った。

静かだ。今日はこのあとどうするか。洗濯は海翔の番だったけど、寝ちゃっているから代わりにやってしまおうか。それとも俺もひと眠りするか。

スマートフォンをいじっていると、極めて重大なことに気づいた。

「――静かすぎやしないか」

時計を確かめる。この時間なら、リビングか拓斗の部屋のテレビで双子たちがお気に入りの番組を見ている時間のはずだ。ところが、いつもの賑やかな子供番組の歌が聞こえない。

「心陽ー、遥平ー？」

呼びかけてみるが返事はない。

拓斗は立ち上がって、自分の部屋へ行った。

中からテレビの音はしない。絵本でも読んでいるのだろうか。

「開けるぞー」

自分の部屋なのだが、不用意に開けて海翔のように〝変態〟呼ばわりされるのは嫌だからだった。

ドアを開けてみると、そこには誰もいなかった。布団もきちんと畳んである。

「いないのかー？」

念のため海翔の部屋を覗いてみるが、心陽も遥平もいない。

トイレにも、風呂場にもいない。

焦る気持ちが湧いてくる。

「おい、海翔。心陽たち知らないか？」

返事がない。寝息しか返ってこない。酔っ払いめ。

玄関を見て、拓斗はぎょっとなった。心陽と遥平の小さな靴がない。まさかと思って玄関ドアを触ると――鍵が開いていた。

ふたりだけで出かけたのだろうか。

いままでこんなことはなかった。

拓斗は慌ててサンダルを引っかけると、玄関から顔を出した。誰もいないのを確かめると、玄関から出てアパートの外まで行ってみた。アパートはオートロックになっているから、鍵を持っていない双子は一度外へ出たら戻ってこられない。部屋番号を覚えているかはあやしい。間違って外へ出てしまったら、戻ってこられない可能性の方が高かった。

しかし、オートロックのところに心陽たちはいなかった。

きょろきょろと周りの道を見る。いない。その間に戻っていないか、ときどき後方も振り返る。やっぱりいない。

拓斗は慌てて部屋に戻った。

拓斗は海翔の頬を何度か叩いた。

「おい！　海翔！　起きろって！　海翔！」

「うーん……何？……」

ビールなんて飲ませるのではなかった。さっさと目を覚まさないなら水でもかけてやる――。

「いないんだよ」

「はい——？」

「だから、いないの！　心陽と遥平が」

一拍おいて海翔ががばっと起きた。

「兄さん、もう一度」

「心陽と遥平が、ふたりだけでどこかに行っちゃったみたいなんだ」

「何で？」海翔がメガネをかける。

「分かんねえよ。っていうか、最後に話したのはおまえの方だろ」

海翔が髪をかき上げ、コップで水道の水をあおった。

「僕が〝変態〟だったから？」

「違う、と思う。海翔、けど、マジでそのときあいつら何を話してた？」

「本当に何も聞いてないのです」

整理しよう。心陽と遥平がふたりで何かを話し合っていた。海翔が話しかけたところ、ものすごい勢いで心陽が海翔を罵倒した。そして、ふたりはいなくなった……。

ダメだ。情報が少なすぎる。

振り返れば、そもそもこの一週間弱、双子たちとの会話が少なかったと思った。

それもこれも、ファミレスでの一件以来——。

「……実の母親のところに行った、とかってないかな？」

拓斗が絞り出すように言うと、海翔が珍しく険しい顔になった。

「さすがに、それはないでしょう。もしそうだとしたら――僕たちを馬鹿にしすぎじゃないですか？」

「そうか？」

「そうですよ。僕も兄さんも、決して悪い〝パパ〟だったとは思いません」

拓斗は思わず口がへの字になった。

「そっか……」

弟からの視点でも、父親として愛想を尽かされたのではないと思うと、少しだけ安心する。

「じゃあ、どこへ行っちゃったんだよ」

「分かりません。分かりませんけど、こうしている間にも心陽も遥平もどこか知らない場所を歩き回っている可能性が高いんですよね」

拓斗の頭から血の気が引いた。事故……誘拐……。

「探しに行かないと。事故とか誘拐とか」

酔いが抜けきっていない海翔は、まずアパートを上から下まで回ることにした。拓斗は自転車に乗ってもう少し離れたところまで見にいく。だが、道がすぐにいくつも分かれていて、一度にぜんぶを見て回ることは不可能だった。

「どうだ、いたか？」

と拓斗がスマートフォンで海翔に確認する。

『アパート内にはいないみたいです』

「そうしたら、俺、もう少し自転車で回ってみるから、海翔はアパートの周りをもう一度見てくれ。あいつら、鍵は持っていないから、オートロックは解除できないし」

『了解』

拓斗はスマートフォンを切ると力任せに自転車をこいだ。近くの公園に着いたが、誰も遊んでいない。

見落としがなかったか、違う道を使いながら戻り、普段の買い物で使っているスーパーの方へ。だが、心陽たちの姿はない。

「嘘だろ」

どこへ行ってしまったんだ。

ペダルを強く踏みつけ、裏道も使いながら駅へ向かう。駅に近づくと、自転車の速度を落とした。きょろきょろしながら何回か駅前を通るが、心陽も遥平も姿が見えない。本屋も回転寿司の店も、どこにもいなかった。

拓斗は自転車を停めて、もう一度スマートフォンを取り出した。海翔からの着信はない。つまり、海翔の方でも見つけていないということだった。

「他にどこ行くんだよ」

拓斗はダメ元で八重子のところへ電話をしてみることにした。何回かコールしている間に、たぶんここも〝ハズレ〟だろうという気がする。もし、八重子のところに行っているなら、八重子もびっくりしているはず。そこに拓斗の電話があったらすぐに出るはずだ。

『はーい』と八重子がにこやかに電話に出た。能天気にも聞こえる声を聞いて、拓斗は〝ハズレ〟を確信する。

けれども、いまは探してくれる人間が多い方がよかった。

「ああ、ごめん。いま大丈夫？」

『大丈夫よ』

「変なこと聞くけどさ、心陽と遥平、そっち行ってないよね？」

第一声で行っていないと分かったが、ここでいきなり切るわけにも行くまい。それに拓斗自身、誰かと話さないと気持ちの方がどうにかなってしまいそうだった。

『え!?』

「実はさ」と、事情を話すと、八重子が慌てふためいた声になる。

『やだ、そんなこと――。こっちには来てないわよ？』

「だよな」

予想できたから拓斗は落胆しなかった。けれども、電話の向こうで八重子がますます慌てている。

『警察とかには届けたの？』

「まだだけど」

『事故とか誘拐とか、事件に巻き込まれてたりしない？』

こんなときだというのに、拓斗は思わず笑いそうになった。さすが親子。発想が俺と同じだ。

「そうならないように探してる。警察に連絡するかはこっちで考えるから、お袋は念のため、その家にずっといてくれないかな。あいつらがお袋のところに行くかもしれないから」

『分かった。何かあったらすぐ連絡ちょうだいね』

通話を終えると、拓斗は自転車にまたがったままスマートフォンを握りしめるようにしてうなだれた。時計を見る。海翔がビールを飲み始めた頃から三十分くらいたっている。まだたったの三十分。だが、この三十分の間に、心陽と遥平は煙のように消えてしまったのだ。

顔を上げると、交番が目に入った。

三十分の行方不明でも、話を聞いてもらえるだろうか。

資産家でもないのだから心陽たちが身代金目的の誘拐に遭ったりはしないだろう。けれども、変質者だったら、誘拐もあるかもしれない。家に警察官がやって来て、犯人からの電話を逆探知するドラマのシーンを思わず思い浮かべてしまって、拓斗は首を振った。

誘拐も怖いけれども、現実的に怖いのは事故だ。この街にやって来てしばらく経つとはいっても、保育園の行き来以外ではまだまだ出歩いた回数が少ない。心陽たちにとって、ここはやはり見知らぬ街なのだ。軽い気持ちで外へ出て迷子になっていたら。道に迷って気が動転して、車に気づかなかったりしたら……。

交番に聞いてみようかと拓斗が思ったとき、スマートフォンが震えた。海翔からだった。

「もしもし？　見つかった？」

思わず大きな声になった。見知らぬおばさんが怪訝な顔で横を歩いていく。

『いいえ。見つかってはいません』

「そっか」そんな気はした。

『兄さん、これ、思いつきなのですけど、ふたりはひょっとしてさっちゃんの家に向かったのではないでしょうか』

「さっちゃん？」

と、拓斗が聞き返す。

『ほら、このまえのファミレスで、お誕生日会があるからって誘ってたでしょ』

「あーあー。そういえばそんな話があったな」と拓斗は何度も頷く。その後の心陽の発言ですっかり飛んでいた。

「でも、確か日曜日――明日じゃなかったか？」

『そこを間違えたとしたらどうでしょうか。遥平も心陽もしっかりしているように見えてまだ四歳児です。明日なのか今日なのか分からなくなって、とにかくふたりで出かけてみようとなったとしたら……』

聞きながら、あり得ない話でもないかもしれないと思えてきた。あの双子は、母親が命じたとはいえ、いきなり自分たちのところへ「パパ！」と飛び込んできたのだ。行動力だけとれば、並の四歳ではない。それに、さっちゃんの家に行ったのだとすれば、理由もなく先日のファミレスのやりとりが心に浮かんでくるのも説明がつく。潜在意識なのか虫の知らせなのか守護霊的な何かなのか分からないが、ともかくそういうインスピレーションなのだろう。

何よりも――他によい手が思いつかなかったのも事実だった。

「けど、さっちゃんの家って、おまえ分かるのかよ？」

『分かりませんけど……』

仕事の詰めが甘い、と怒鳴りそうになった。

怒鳴らずに済んだのは、拓斗の中であてが見つかったからだ。

海翔との通話を終えると、拓斗はある人物の番号をタップした。しばらく待つ。コール音がした。だが、繋がらない。スマートフォンを耳から離し、相手の名前を確かめる。「和香」——間違えていない。海翔の電話なら出て、俺の電話に出ないなどということがあるだろうかと少し落ち込みかけたが、別の要因に思い至った。今日は土曜日だけど、土曜保育の子もいるのではないか。だとしたら、和香は仕事中かもしれない。

拓斗は和香へのコールを止めると、保育園の番号をタップした。電話に出た人に尋ねるとやはり和香は出勤しているとのことで、すぐに代わってもらうようにお願いする。しばらくして、和香に代わった。

「仕事中、申し訳ない」

『いいえ、どうされましたか？』

職場で仕事時間中なので、よそ行きの和香の口調だった。

「実は、心陽と遥平がちょっと目を離した隙に家からいなくなって」

拓斗がそう言うと、途端に和香が大きな声を上げた。

『ええっ!? それで、どうしたんですか!?』

「まだ見つかっていない」

拓斗の方が驚くほどの狼狽《ろうばい》ぶりだ。

『警察には⁉』

「まだだ」

『どうしてそんなことに……。どうしよう。どうしたらいいの？』

電話の向こうの和香が苦しげな声になる。すでに声が湿っていた。

「和香、落ち着いて。俺と海翔でいま探している。それで、ちょっと和香に教えてほしいことがあるんだ」

『何？』

と和香が洟を啜りながら聞き返す。

「保育園で心陽が仲がいい〝さっちゃん〟っていうんだっけ？」

『渡辺佐知子《わたなべさちこ》ちゃん』

「そう。その子の家を教えてくれないか。誕生日会に誘われていて、日付を間違えて今日行っちゃったかもしれないと思って」

するとスマートフォンの向こうから、先ほどとはやや違った和香の苦悩の空気が伝わってきた。

『ごめんなさい、それはできないんです』

「どうして」

『個人情報の保護です。佐知子ちゃんやそのご両親が自分で他の人に教えない限り、私たちが勝手に教えてはいけないんです……』

「そんなこと言ったって、心陽と遥平が――」

『心陽ちゃんと遥平くんが〝絶対に〟佐知子ちゃんの家に行ったと分かっているなら、私が代わりに佐知子ちゃんの家に電話して確かめるくらいなら』

「それこそ迷子になってその子の家まで辿り着けていないかもしれないじゃないか。だいたいでいいんだ。その子の家の周りも探したいんだよ」

しばらく沈黙して、和香がつらそうに言った。

『ごめんなさい。だいたいでもできないわ』

言っていることは正論なのだろうが、だからこそ、感情が溢れ出てくる。

「じゃあ、どうしろって言うんだよ。この間にもふたりは――」

事故に遭っていたらどうしよう。

あの小さな身体が、車に跳ね飛ばされてしまったら。頭から血を出して「いたいよ、いたいよ」と小さく繰り返したりしていたら――。

『私から佐知子ちゃんの家にいま電話してみるから。ちょっと待ってて』

保育士として和香がぎりぎりのことを申し出てくれたが、拓斗はお礼を言ってさっさとスマートフォンを切ってしまった。言い方がおざなりになってしまったと思う。けれども、もういても立ってもいられなかったのだ。

〝さっちゃん〟とは、あのファミレスで出会ったのだ。ということは、やはりあの家もあのショッピングモールの近くなのではないか。

けれども、ショッピングモールに車で来る人は多い。もし車で〝さっちゃん〟たちも来ていたとしたら、少し離れているかもしれなかった。

そうだ。車だ――。

拓斗は大慌てで自転車をこいでアパートに戻った。

アパートの入り口で、海翔が白い顔で立っている。とてもビール二缶をあおったとは思えない顔色だった。

「兄さん。見つかったのですか」

「まだだ。それより海翔。車だ。車を出そう」

拓斗は、海翔に手短にこれまでのことを話した。〝さっちゃん〟の家は結局分からないが、ファミレスで会った以上、あのショッピングモールに来られる範囲のはず。車で来ていた可能性を考慮に入れて、あのショッピングモールから車で移動できる範囲まで自分たちも車に乗っていこう。隅から隅まで回ってやろう――。

海翔が話の途中から目を白黒させている。

「兄さん。車とは僕の車ですよね？」

「当たり前だ。俺は持っていないんだから」

「──あの、僕、ビールを飲んでしまっているのですけど。二缶も」

海翔がおろおろしている。

「もちろん覚えてるよ」そう言って拓斗は海翔に自信ありげな笑みを見せた。

「俺が運転するよ」

「ええええっ!?」

海翔が信じられない声を上げた。

「営業の仕事で散々社用車は運転してたから、車は持っていないけど安心しろ」

「いまからレンタカーを借りるのですか？」

海翔が妙なことを言ったので、拓斗は憮然となった。

「何言ってんだよ。そんな暇ないだろ。おまえの車を俺が運転するんだよ」

「嘘ぉ!?」

海翔が変な声を上げた。

「嘘じゃねえよ。早く鍵を貸せ」

「待って、兄さん。僕の車は左ハンドルです。そもそも兄さん、いままで僕の車はおろか、左ハンドルを運転したことないですよね？」

「うるせぇ！　左だろうと右だろうと、同じ〝車〟だ。ライトバンの営業車と似たようなもんだろ」

拓斗の無謀すぎる物言いに、海翔は食い下がった。

「まだローンが残ってます。せめて事故らずに運転を――」

目尻に涙がにじんでいる。

「心陽と遥平の方が大事だっつーの」

拓斗の迫力に、海翔はあっさり屈してくれた。最後は力尽くでもと拓斗は思っていたから、これはとても助かった。

万一、双子と行き違いになったときのために、帰ったらここで待っていろと張り紙をドアに残す。

海翔の車の運転席に乗り込んだ拓斗は、アクセル、ブレーキからウインカーに至るまで、一通り指さし確認した。助手席に乗った海翔がカーナビにショッピングモールの場所を打ち込んでくれる。

「ナビの指示に従ってくださいね」

「ナビ通りに走って迷子捜しができるか」

拓斗は慣れない左ハンドルを前に、両手で頬を叩いて気合いを入れていた。

「それはそうですけど」

「いざ、出発っ」

拓斗がアクセルを踏み込んだ。隣で海翔が口の中でぶつぶつ何かを言っている。念仏だった。最初は制限速度より若干遅いくらいで走り始めたが、拓斗の運転は徐々に速さに慣れていっている。

駅前を通りすぎる頃には、国産車の運転と遜色《そんしょく》なくなっていた。

拓斗の運転が軌道に乗ってくるにつれて、逆に海翔の動揺がひどくなってくる。

「ああ、僕がもっとしっかりしていれば……。あのとき、心陽の反撃に怯まないでちゃんと向き合っていれば……」

海翔が声を震わせていた。震える手でメガネを取り、涙を拭っている。

「大丈夫だ。俺が必ず見つけ出す」

「兄さん……」

運転に慣れてきた拓斗は、視線を忙しく動かして心陽たちを捜す。

「それにしても、走りながら捜すのって難しいな」

「兄さん、慣れない車できょろきょろするのは危ないです」

「しょうがないだろ。ただおまえとドライブしているだけじゃないんだから」

濡れる目元を力任せに拭った海翔が気合いの入った表情になった。

「遥平たちを捜すのは僕がします。そのくらい、僕だって……」

「そうか」

拓斗はナビに従って慎重に左折に入る。「じゃあ、おまえに任せるわ」

「任されました。——それにしても兄さん」

「うわ、あのじいさん、歩行者信号点滅してるのに渡る気だ。あっぶね。——で、何だよ。海翔」

「ゲームも鶏団子も、何でも僕より上手にできていた昔のまんまですね」

老人が横断歩道を渡りきるまで左折を待っていた拓斗が、ちらりと海翔を見た。

「俺は今も昔も俺だよ」

「そうですね。——参ったな、兄さんは昔も今もカッコイイ」

横断歩道を老人が無事に渡りきるのを確認して、拓斗はアクセルを踏んだ。海翔の車はスムーズに交差点を通過していくのだった。

ショッピングモールが見えてきて、拓斗は適当に周辺をぐるぐると回り始めた。

だが、ふたりの姿は見つからない。

その間に、八重子と和香からそれぞれ電話があった。運転中の拓斗は、スマートフォンを海翔に預けて、対応してもらう。八重子の電話は、まだ双子が見つかっていないのかという確認だった。和香は渡辺佐知子の家に電話してみたが、心陽たちが遊びに行ってはいないという連絡だった。

「見つかりませんね」

「ああ。マジでどこに行ったんだよ」

拓斗は運転に慣れてくるのに比例して、だんだん腹が立ってきた。心陽も遥平も、一体どこへ行ってしまったのだ。八重子や和香にも心配をかけているというのに、分かっているのだろうか。やはりこういうとき、〝男親〟が甘い顔をしてはいけないのではないか。見つけたら、思いっきり叱ってやらなければいけない。場合によってはげんこつのひとつやふたつして、自分がどれだけ間違ったことをしたか分からせなければ――。

その一方で、事故に遭ってやしないかとしきりに心配な気持ちが、ぼこぼこと湧いてきてとまらない。

拓斗はショッピングモールを中心に渦を巻くように車で走りながら徐々に広い範囲を走った。何度も何度も左折を繰り返すので、たまには右折したくなる……。

そのときだった。

拓斗のスマートフォンが鳴った。

「保育園からです」

「出てくれ」

拓斗は速度を上げすぎないようにしながら、道を車で流し続ける。ハザードを点灯させて左によって後続に道を譲った。

「はい、拓斗のスマートフォンです。ああ、和香姉ぇ。……はいぃ？」

海翔が気の抜けたような変な声を発した。

「どうした？」

「兄さん――車を止めてください」

ちょうど左に寄っていたところだ。拓斗は安全確認をして車を停止させる。海翔が拓斗にスマートフォンを返した。

「はい、代わりました」

『あ、拓斗くん』

和香だった。しかし、続けて告げられた内容は信じられないものだった。

『心陽ちゃんと遥平くん、いまさっき保育園に来たんですけど』

そのあと、しばらく、拓斗の記憶はない。「は？」とか「へぇ」とか言って和香との電話を切ったような気はする。カーナビに大急ぎで保育園を打ち込み、車を急発進させたようだった。「おお、ぎりぎり擦ってない」という海翔の観念したような声を聞いたのは現実だったか夢だったか。

心陽と遥平が保育園にいる。

何がどうしてそうなった。

「おい、海翔」

「はい。何でしょうか」

いきなりすぎてちょっと何が起こったのか分からない……。

「何であのふたりは保育園にいるんだ」

「存じません」

はっきり言って、拓斗はかんかんに怒っていた。一体どれだけ心配したと思っているのだ。どれだけ捜したと思っているのだ。

それが保育園だと？

保育園に行くには電車に乗る必要がある。四歳の子供ふたりで、電車代も払わずに乗ったというのか。いや、ＩＣカードを持っているのだったか。ああ、もうどうでもいい。本当に何を考えているんだ。

保育園は遊び場ではないのだ。そんなに保育園がいいのか。

——それとも、そんなに俺たちの家が嫌なのか。

事故らないように細心の注意を払いながらも、無性に頭にきてしょうがなかった。

「兄さん、怖いです」

「何が!?」

「何でもありません」

街はすっかり夕日に染まってきている。

こんなになるまで大人を引っかき回して。

これでけろっとしていたりしたら、げんこつか、おしりぺんぺんか分からないけど、絶対にお仕置きだ。体罰だ何だと文句を言われようとも知ったことか。一歩間違えれば交通事故で死んでしまったり、誘拐されてしまったり、いろいろな危険があったんだ。どれだけ危ないことをしたのかを心に刻みつけてもらおう――。

和香の電話を受けたところから保育園までは車ですぐのはずだった。しかし、途中にある信号がことごとく赤になってくれて、カーナビでは十分程度で着く距離が、二十分以上かかった。

見慣れた保育園の建物が見えてくる。

保育園の駐車場に車を止めると、拓斗は車から飛び降りた。海翔もついてくる。

中に入ると、誰かに声をかけられる前に大きな声を出していた。

「心陽!」

声をかけるまでもなかった。入り口からほど近いところで、心陽と遥平が小さな椅子に座って和香と話をしていた。

心陽が、振り向いた。

そのときの心陽の顔を拓斗は一生忘れないだろう。

心陽が、いつもは憎まれ口ばかり叩いている心陽が、きっと反省なんてしていないんだろうなと思っていた心陽が、目に涙を一杯にためていた。拓斗の顔を見た心陽は、一気に涙が決壊した。

「たくとぉ～」

心陽はすぐさま椅子から飛び降りた。両手をまえに突き出して、顔をぐしゃぐしゃにして、髪を揺らして。ただまっすぐに拓斗を目指して走ってくる。

その姿を見た瞬間、拓斗の視界がぼやけ、熱い液体が頬を流れた。

拓斗はしゃがみ込み、走ってくる心陽を正面から抱きしめる。

「心陽！　心配したんだぞ……」

「たくとぉ……わあああああん」

拓斗たちにわずかに遅れながらも、その横では海翔と遥平が同じように名前を呼び合って抱きしめ合っていた。

しばらく、心陽の大きな泣き声と遥平の静かに洟を啜る音を、拓斗と海翔は味わっていた。

よかった。無事でよかった。

ただそれだけだった。

さっきまでの怒りや厳しくしつけてやろうといった気持ちは吹き飛んでしまっている。ただ、いまここに心陽がいて、頼りないほど小さいけれども生命を確かに感じさせる温かい身体があるというだけで、もう胸が一杯だった。

よかった。本当によかった――。

横を見れば、海翔が遥平の小さな背中をとんとんしたり、頭を撫でたりしている。その顔は涙で濡れてぐちゃぐちゃだった。海翔は拓斗と目が合うと赤面して恥ずかしそうに顔を背けたけれども、もう遅い。

拓斗も海翔にならって、心陽の頭を撫でてみた。細いくせにしっとりした、子供の髪だ。

「心陽ちゃん、遥平くん、よかったねー」

と和香が双子に話しかけてきた。

うん、と双子が声を合わせて頷き、また拓斗たちに抱きつく。

「ほら、ふたりとも〝ごめんなさい〟は？」

心陽ががんばって身体を離した。涙と鼻水でひどい。

「じんばいがげで……どめんなざいぃぃ」

「ほんと、心配したんだからな」とまた拓斗も涙が出てくる。

「どめんなさい」と遥平も謝っていた。海翔が無言でもう一度遥平を抱きしめる。ちゃんと謝れたふたりに、和香が微笑みかけた。

「心陽ちゃんも遥平くんも、忘れ物を取りに来たんだよね」

双子が頷く。

「あ？　忘れ物？」

拓斗は泣き顔を和香に見られていたことをいまさらながらに思い出した。慌てて涙を拭ったが、もう遅い。

「持ってきてパパに見せてあげて？」

心陽と遥平がさっき座っていたところにあった画用紙を一枚ずつ持ってきた。

心陽が持ってきた画用紙に書かれている内容を見て、拓斗はまた涙が溢れた。

「おまえら……」

不器用で、太さも形も整っていないクレヨンの線。はみ出た塗り色。バランスが取れていない目と鼻と口。髪の毛は茶色の笑っている人の顔——それも男の顔だった。

心陽と遥平が一生懸命に描いている姿が目に浮かぶようだった。

たどたどしい、というにはあまりに稚拙な、かろうじて読める文字が、その絵の上に書かれている。

《おたんじょび　おめでと　たくとへ》

拓斗はうつむき、激しく肩を震わせる。保育園の床にぼたぼたと涙が落ちた。

「おまえたち……こんな――」

心陽が怒られるのではないかと上目遣いをしながら説明を始めた。

「よーちゃんとふたりでかいたの。たくとににてる？」

「そっくりだよ……」

心陽と遥平が微笑み合った。

「あのね、ばあばのところにいったときに、らいしゅうたんじょうびだって、たくといってたでしょ？」

「ああ」

「でもらいしゅうのいつかわからなかったから。あしたかもしれないから。あしただったら、さっちゃんのおたんじょうびかいにいくまえに、たくとにプレゼントをわたしたかったから」

「おまえら……そんなことのために、こんな危ない目を――」

拓斗を喜ばせようと、さらには驚かせようと用意していたプレゼント。どうしても渡したかったのだろう。けれども、物が物なだけに、拓斗たちに相談することが憚られたのだ。そこで心陽と遥平だけで内緒で話し合って――保育園にふたりだけで取りに戻ろうと決意して、実行したのだ。

厳しく叱ってやろうとか、げんこつしてやろうなんて、とんでもないことだった。もう言葉も出てこない。

その拓斗の横で、遥平が海翔にもう一枚の画用紙を見せていた。

同じような拙い絵で、メガネをかけた黒髪の男が描かれている。その下には目玉焼きののったハンバーグが描かれていた。その絵の上にはこう書かれている。

《かいと　ありがと　はんばぐ　またたべたい》

「これは――」

こんな絵を見せられて――いつもの無表情でいられるわけがなかった。

海翔も再びぼろぼろに泣き始める。

拓斗と海翔の劇的な変化に、心陽と遥平の方がびっくりして、自分たちの涙はすっかり止まってしまった。

「たくと？」

「だめだった？」

拓斗は何も答えない。答えられない。海翔もだ。

海翔は涙を乱暴に拭うと、黙ってやや乱暴に遥平の頭を撫でくりまわした。「うわああ」と遥平が情けない声を上げている。

涙を拭った拓斗が、がんばって笑顔を作った。

「ありがとう。心陽、遥平。パパ、いままでで一番うれしい誕生日プレゼントだよ」

双子たちが互いに顔を見交わして、にっこり笑っていた。混じりっけのない、真っ白な雲のようにきれいな笑顔だった。

「パパ、おめでとう」

「ぱぱ、おめでとー」

心陽と遥平が祝福の言葉を口にする。

その笑顔が、言葉が、あまりにもきらきらしていて、かけがえがなくて。

何よりも〝パパ〟と言われることの条件なしの喜びに――。

拓斗は心陽だけでなく遥平も抱き寄せた。両腕に双子の身体をしっかりと感じながら、拓斗はもう一度涙が流れるに任せる。

親が子供を育てるなんて思い上がりだった、子供が親を育ててくれているのだ――

拓斗はしみじみと実感していた。

エピローグ

「本当に申し訳ございませんでしたっ」

拓斗が体育会系的に大きな声で言い、海翔とふたりで腰を直角に曲げた。海翔の声は聞こえない。海翔の奴、声出てるのか？

「いえいえ。何事もなくて本当にほっとしました」

と、園長先生が目を細めている。

散々心配かけた和香や保育園のみなさんに頭を下げ、はらはらしながら待っていた八重子に電話して謝るのは拓斗と海翔、大人の仕事だった。何で俺が、と思わなくもない。しかし、子供のために頭を下げられるのは〝保護者〟だけの特権なのだと思えば、それもありがたい。

これが逆に、みんなから同情や慰めの言葉を一方的にもらっていたとしたら――それは、心陽や遥平の身に重大な事件が起きてしまったときだったろうから――もっと気分は落ち込んでいただろう。いや、そんな言葉で表せるようなレベルではなかったに違いない。

落ち着いてくると、いろいろ複雑な気持ちになってしまう。文句のひとつも言いたくなるし、そうかと思えば最悪の事態にならなくてよかったと安堵の気持ちも湧いてくる。これだけ心配かけたのだからお説教はしなければいけないだろうかとも思う。

でも――やっぱり何もなくてよかった……。

保育園を出たのにいつもの駅に向かわず、駐車場に向かい、しかもそこに海翔の外車を発見したとき、心陽と遥平は無邪気に喜んだ。

「かいとのくるまだー」

「くるまでかえるの？」

勝手知ったる感じで双子が後部座席に乗り込み、チャイルドシートに納まる。海翔が助手席に座り、拓斗が運転席に座ると、また双子が無邪気に騒いだ。

「たくとがうんてんするの？」

「たくとにいちゃん、すごい」

さっき拓斗を〝パパ〟と呼んだ双子たちが名前に戻っている。先ほど〝パパ〟と呼ばれたのが夢のように感じる。けれども、ふたりからそろって〝パパ〟と呼ばれたときの感動を、全身にずしんときた深い喜びを、拓斗はがっちりと掴んでいた。

これが答えだったんだな、と拓斗は迷路を抜けたような心地で受け入れていた。それは重い責任なのかもしれないけど、その重さ以上にまばゆいことだと思った。

「心陽に変態呼ばわりされた海翔が、ショックのあまり朝っぱらからビールをあおりまくってな。飲酒運転はしちゃダメだから」

拓斗がちょっとした皮肉を言うと、心陽がしゅんとなった。

「かいと、ごめんね……」

拓斗はシートベルトを締めながら、後ろの心陽を振り返った。心陽がこんなに殊勝《しゅしょう》に謝るとはものすごく珍しい。「だってへんたいだったんだもん」とかぶーたれるかと思ったのに。心陽なりに反省もし、凹んでもいるのかもしれない。

「結構、僕、豆腐のように心が弱いので、これからはやめてください」

その海翔の物言いにも拓斗は少しびっくりした。普段の海翔なら、「死のうかと思いました」くらいは言いそうなのだが。そんな強い言葉を使ったら、いまの心陽たちはまた泣き出してしまうかもしれない。海翔もそんな気遣いができるようになったのかと思うと、兄としては感慨深い。

その様子を見て、改めてきちんと叱っておかないといけないかと思っていた拓斗だったが、簡単に終えることにした。

「ほんと、次からはこういうのやめてくれな」

はーい、と双子が声を合わせる。

車が発進した。

車窓から、和香が手を振っているのが見えたので、拓斗も小さく手を振り返す。それに気づいた双子たちも身体を変にひねってぶんぶん手を振っていた。

東の空が、徐々に夜の青に染まっていっている。

「今日の夕食は——またみんなで、おにぎり作ろうか。おいしいおかずでも買って」

拓斗がそう言うと、双子たちが歓声を上げた。海翔も「おー」と言っている。

土曜日の夕方で混んでいるかと思ったが、道は空いていた。

しばらく運転に集中していた拓斗が、ふと思い出して尋ねる。

「来月のふたりのお誕生日、何が食べたい？」

えー、と思案し始める心陽の声が聞こえた。

「よーちゃん、はんばーぐっ」

よほどあのハンバーグがおいしかったのか遥平がすぐさま答える。

「ハンバーグな。他は？」

「からあげ」と心陽。

「心陽は唐揚げが好きなのか？」

「うんっ。あと、このまえのスープもっ」

心陽が熱を出したときを思い出して、拓斗は鼻の奥がつんとした。

「よーちゃん、あと、まえにたべたとりだんごもっ」

助手席でスマートフォンをいじっていた海翔が苦笑した。

「すごい組み合わせですね」

「まあ、誕生日だし、いいんじゃないか」

拓斗はすっかり双子に甘くなっている。自分で思うよりも、無事でいてくれたことと、誕生日の似顔絵プレゼントとが、拓斗を舞い上がらせていた。

「ケーキはどうしたい？」

拓斗が尋ねると、心陽の元気な声が返ってきた。

「いちごがいっぱいなのがいいっ」

「よーちゃんは、ふるーつたくさんのけーきがいい」と答えた遥平が、付け加える。

「たくとにいちゃんとかいとにいちゃんは、どんなのがいい？」

ちょうど信号待ちをしていた拓斗と海翔が顔を見合わせた。

「おまえらの好きなのでいいんだぞ」

「そうですよ。ふたりの誕生日なのですから」

しかし、遥平がもう一度言った。

「たくとにいちゃんたちが、おいしいけーきがいいのです」

するると、心陽も続いた。

「やっぱり、はーちゅんも、みんながたべたいケーキにするー」

見れば双子たちがにこにこと顔を見合わせている。

「ヤバい、俺泣きそう」

「気持ちは分かりますが、安全運転でお願いします」

このケーキの件は、結局、イチゴやフルーツがたくさん載ったケーキを買うということで決着した。双子たちが、自分の食べたい物だけではなく、拓斗たちのことまで気遣ってくれたのが、無性にうれしかった。

八重子が言っていた〝子育ては楽しい〟というのは、こういうことも指しているのだろうか。けれども、この感じは楽しいというよりも、ありがたいという感じだ。それと同時に、果たして自分は八重子にこんな気遣いをしただろうかと、反省させられる……。

信号が変わって、車が動き出した。

「もうすぐスーパー着くぞ」

「ふたりの誕生日の前に、兄さんの誕生日のお祝いですね」

海翔がにやにやしている。

「……さっきので十分だよ」

「ダメです。心陽たちもそう思うでしょ？」おもう、と双子たちが声を合わせ、海翔が双子たちに教えた。

「兄さんの誕生日は今日です」

それを聞いて双子たちが歓声を上げる。

「たくとのおたんじょうびだ！」

「たくとにいちゃんのおいわい！」

さらに、心陽が急に〝球〟を放ってきた。

「わかせんせーもよびたい」

剛速球だった。子供の無邪気な一撃に拓斗の運転が揺らぎ、海翔がスマートフォンを落とした。対向車がクラクションを鳴らしている。

「兄さん、いまのは結構ヤバかったですよ」

「すまん……」

素直に反省した。

「ねーねー、たくとー。わかせんせーもよぼうよ」

「よーちゃんもさんせい」

無邪気な双子のオーダーは……一度考えてみよう。

「まあ、ダメ元で聞いてやるよ」

「お、子供たちを出汁《だし》にナンパですか」

「人聞きの悪いこと言うんじゃねえ」

また危うくハンドルを変に切りそうになってしまったではないか。

「冗談です。それより、交通事故、ダメ、ゼッタイ」

「大丈夫。子供がいるんだから怪我はさせない。……そうだ、おまえさ、この車に『子供が乗っています』ってステッカー貼ろうぜ」

拓斗としてはごく当たり前の提案をしたつもりだったが、海翔は深々とため息をついた。

「はあ〜〜〜」

「ダメなのかよ」

「……子供たちが乗ってるときだけなら、考えます」

いつものスーパーが見えてくる。いろんな人が、たくさんの家族が歩いていた。

「そういえば海翔さ」

「うん？」

身をひねってやっとのことで落としたスマートフォンを拾い上げた海翔が、拓斗の横顔を見ている。

「ゲームといえばさ、俺、本当はロールプレイングゲームの方が好きなんだ。ゆっくりレベル上げていくやつ」

「それもよくやっていましたね」

逆に、海翔は地道なレベル上げが苦手で行き詰まりがちだったたっけ。

「それで、あるゲームでさ、主人公の職業が〝勇者の父〟ってなるんだ。主人公なのに、勇者じゃないどころか、その父っていう表現が、何だか主役らしくなくて不思議に思っていたんだよ」

「ええ。確かに」

「けれども、心陽たちを見ていて思ったよ。〝子供ができたら、主役は子供なんだ。俺たちはもう、自分の人生を生きる主役なだけじゃなくて、こいつらの人生のサポート役をしなきゃいけないんだ〟って、妙にしっくりきたんだよな」

海翔は黙っていた。スーパーに着いて車から降りる。外の空気が気持ちよかった。

拓斗が心陽を、海翔が遥平をチャイルドシートから外して、降ろす。

「兄さん」と海翔が拓斗を呼んだ。

「うん？」

「兄さんは——やっぱりカッコイイや」

拓斗は一瞬不思議そうな顔をしたが、にっこり笑う。

「当たり前だろ」

拓斗に抱き上げられたままの心陽が両手を挙げた。

「たくと、かっこいい」

「たくとにいちゃん、かっこいい」と遥平も続ける。

スーパーの灯りが温かかった。夕食のおかずを買って、さらに近くのパティスリーに寄る。けれども、拓斗はパティスリーに入れてもらえなかった。あとでのお楽しみだそうだ。とても恥ずかしいが、今日くらいは我慢しよう——。

程なくして双子たちがめちゃくちゃいい笑顔で出てきたのだから。

　買い物を終えて和香を誘うと、仕事終わりに来てくれることになった。アパートに着くと、郵便受けに不思議な封筒が届いていることに気づく。周りが赤・青・白の三色で縁取られている。

「何だこりゃ」と拓斗が思わず顔をしかめた。

「妙なものが届きましたね」

　と海翔がぼんやり見つめていると、心陽たちが飛び上がって封筒を見ようとする。

「たくと、それなに？」

「エアメール」

「？」

　双子たちの頭の上に疑問符が浮かんだ。心陽も遥平も面白い顔になっている。

「外国からの手紙だよ」

「がいこく!?」

　心陽たちの目が輝いた。裏を見て送り主を確かめたが、何も書かれていない。しかし、双子たちの反応がすべてを物語っていた。

「あやしくないですか」

た。

と警戒する海翔に、拓斗は軽く微笑んだ。

「大丈夫だろ、たぶん」

リビングで開封する。封筒の中身は、女性らしいきれいな文字で書かれた手紙だっ

た。

こはる、ようへいへ。

げんきでやってますか？　ケンカなんてしていませんか？

パパたちにめいわくをかけていませんか？　あたらしいおともだちはできたかな？

ちゃんとごはんはたべていますか？　すききらいしちゃダメだよ？

ママはいま——

手紙を見た双子が、歓喜の声を上げた。ママ恋しさに泣いてしまうかと心配したけれど、そんなふうにはならなかった。もしそれが、単純な馴れではなくて自分のことを〝パパ〟として信頼してくれているからだとしたら、とてもうれしい……。

さらに、拓斗たちへのメッセージもあった。

奥崎拓斗さま、海翔さま。

この度は、説明もなしに私の突然のわがままにお付き合いさせてしまい、まことに申し訳ございません。私の正体、バレてしまいましたか？　バレていなかったとしたらですけど——心陽たちは正真正銘、あなたたちふたりのどちらかの子供たちです。


挨拶と謝罪とこれからもよろしくという、読みようによっては一方的すぎる手紙だった。ただ、問題はその手紙を書いた場所だ。

「オーストラリアから、となってるな」

口元に自然に浮かんだ苦笑いには、ほんの少しの懐かしさが交じった。

「兄さん、オーストラリアには行ったことあるのですか？」

「ああ。一度だけな」

乾いたオーストラリアの空気に乗って、〝彼女〟の顔のシルエットと笑い声が拓斗の心に甦《よみがえ》る。やっぱり、あいつだったのか——？

拓斗の横で何かを考えるようにしていた海翔が口を開いた。

「オーストラリアといえば、このまえ母さんが話してたのですが、和香姉ぇの——」

そのとき、アパートのインターホンが鳴った。双子たちが椅子を運んでわらわらとインターホンに取り付く。

「わかせんせーだ」

「どーぞー」

玄関を開けると、仕事上がりの和香が軽く息を弾ませていた。拓斗たちに軽く挨拶したあと、その場にしゃがんで双子たちに視線を合わせる。

「心陽ちゃん、遥平くん。先生もとっても心配したよ？」

「ごめんなさい」

「もうしません」

心陽たちが神妙に頭を下げた。和香はふたりの頭を笑顔で撫でてあげると立ち上がる。双子たちが和香の手を取って中へ案内しようとしたときだった。海翔がいつもとは違った緊張感で和香を見つめていた。見返した和香の視線から逃げずに、むしろ海翔は問いかけるような視線をぶつけ返している。

和香の表情が固まった。

「海翔くん……？」

その張り詰めた空気に、拓斗も怪訝な顔をしたときだった。

「おなかすいた……」

と遥平の悲しげな声が響いた。

「あ、そうだよね。私、来るの遅くなっちゃったから、お腹空いちゃったよね？」

という和香の言葉に、ますますお腹が減ってしまったのか遥平の眉がひどく垂れてとても悲しい顔になる。

「よしよし。ご飯にしよう。すぐ用意するからな。和香も手を洗って待っててくれ」

拓斗が指揮を執り、双子たちを海翔が手伝いながらおにぎり作りが大急ぎで始まった。二度目だからなのか、ふたりの手際がずいぶんと良くなっている。

心陽と遥平に初めて会ったあの日、みんなでおにぎりを握った光景を思い出し、胸が熱くなった。

思い思いの形に握られた小さなおにぎりが盛られた皿と、スーパーで買ったとんかつやポテトサラダなどが並んだ。

そして、お味噌汁だけは拓斗が自分の手で心を込めて作った。

みんなで「いただきます」と手を合わせて食べ始める。拓斗が、空腹だった遥平に大きなおにぎりを勧め、心陽にはとんかつソースを取ってあげていた。

「兄さん、ついに〝パパ〟としての悟りを開いたようですね」

「何が」

「手作りのお味噌汁。〝お袋の味〟ならぬ〝パパの味〟ですか」

以前なら突っ込んでいたところだが、拓斗はもう腹を決めていた。

「まあな」

すると海翔がため息をついて、箸を置いた。

「あとはふたりの母親が誰かということですが、もうだいたい心当たりはあるのでしょうね」と海翔が問いかける。しかし、その対象は拓斗ではなかった。「そうですよね——和香姉ぇ？」

名前を呼ばれて、和香が持っていた麦茶を下ろす。とんかつを食べようとした心陽の動きが止まった。遥平がよく分からない顔のまま、口の中のものをもぐもぐしている。拓斗は和香と海翔を見比べるが、弟の詰問の意味が分からない。

「何でそこで和香が出てくるんだよ」

「兄さん、本気ですか。っていうか、もう兄さんにもふたりの母親の心当たりがあるんですよね？」

拓斗が酢を飲んだような顔になった。

「まあ、一応。まだ引っかかることもあるけど」

「どんな人ですか。教えてください」

拓斗がますます気まずそうな顔になる。双子たちや和香をちらちら見ながら、耳まで熱くなりながら、ぼそりと呟いた。

「写真がないからたとえになるけど……和香にちょっとだけ似ている」

海翔がこけた。

「そっちから攻めてきましたか」

拓斗が大声を上げた。

「違うぞ!?　和香のことが忘れられなくて、つい面影を追っていたからとかじゃないんだからな!?」

やぶ蛇だった。和香が目を白黒させている。トマトのように赤くなった拓斗に、心陽がにまにまと笑いながら、「へー」とか言っていた。口の中のものを飲み込んだ遥平は、静かにポテトサラダを口に運ぶ。

「質問を変えます。その女性——和香姉ぇと似た人と——オーストラリアに行ったことがありますね？」

質問ではなく、確認だった。

「ああ。ある」

「そのときのエピソードで覚えていることとかは？」

「そうだな……。オーストラリアで、現地の三つ星レストランの味に感動して包丁なんてろくに握ったことがない経済学部の学生だったくせに、いきなり」

と拓斗の話に和香が声をかぶせてきた。

「いきなり料理修行を始めた。絶対、自分もそのオーストラリアのレストランで働いて、三つ星シェフになってやるんだって意気込んで、拓斗くんにも応援されて。それで都内の有名レストランに片っ端から面接を申し込んだ」

拓斗が目をむいた。

「和香、おまえ、何でそんなこと知ってんだよ」

すると、和香が「ごめんなさいっ」とテーブルにぶつからんばかりの勢いで頭を下げる。


「実はその子──私の妹なの」


拓斗が何度か瞬きを繰り返した。酸欠の魚のように口を動かし、やっとのことで声を発する。

「は？」自分でも情けない声になった。

「妹って、確かあいつの名前は──『河野玲奈《こうのれいな》』だったはず。和香の名字の『野々宮』でもないし、こいつらの名字の『星野』でもない」

この名字の違いが引っかかって、拓斗としては断定できないでいたのだ。しかし、それも和香が説明した。

「あの子の──玲奈の性格、覚えてるよね？」

「破天荒、規格外、パワフル、猪突猛進」と、およそ女性への形容にしてはアグレッシブな単語を並べたあと、拓斗は付け加えた。「それと——さみしがり屋」

　拓斗の答えに和香が目を伏せる。

「私と玲奈は両親の離婚からつい最近までずっと会っていなかった。それは本当。でも、玲奈は私たちがどこでどうしているのか、ずっと見てくれていたみたいで。つい先日、ひょっこり私のところに来たの」

　久しぶりに会った妹に驚いている和香に、玲奈は告げたのだ。「私、双子のお母さんになったの」と。玲奈はけろりとしていたが、和香は動転した。

「しかも相手は拓斗くんで、妊娠が分かったときにはもう別れていたっていうし。何が何だか私も分からなかったわ」

「待てよ。名字。これどうなってるんだ？」

　和香が申し訳なさそうに説明する。

「『星野』姓は離婚したお母さんの旧姓なの。だから、玲奈の本当の名前は『星野玲奈』。玲奈は拓斗くんが私の元彼だって何かで知ってたみたいで。ここで妹だと分かると拓斗くんがお付き合いに二の足を踏むかもしれない、離婚したお母さんの旧姓も知っているかもしれないって、偽名を使ったんだって」

　拓斗は額を抑えて考え込んでしまった。しばらく頭の中を整理して、のろのろと過去の出来事を振り返っている。

「そういえばあいつ、意地でもパスポート見せなかったな。写真が変だから見せたくないと言っていたけど、本当のところは名字を確かめられたくなかったのか……」

まさに破天荒で規格外な性格だった。

「玲奈、久しぶりの再会のときにもうひとつ言ったのよ。『オーストラリアに行って三つ星レストランのシェフに弟子入りしてくる』って」

「マジかぁ」と拓斗が天を仰いだ。「確かに俺、応援したよ？『何歳からでもバカみたいな夢でも追いかけていいじゃないか』って」

「玲奈はその言葉がすごくうれしかったみたい。ほら、両親が離婚して父親の愛とか知らなかった子でしょ？　初めて付き合った拓斗くんのこと、お父さんみたいにも思ってたみたいで。だから拓斗くんからもらった言葉が、別れてからも宝物みたいにあの子の人生を支えてくれていたんだって」

その結果が――双子たちを預けての渡豪だったのだ。頭を抱える拓斗に、心陽が訴えた。

「あのね、はーちゅんも、ママを〝おーえん〟した」

「よーちゃんも」と遥平が真剣な目で付け加える。

「おまえら……知ってたのか」

「ママいつもおいしいごはんつくってくれてたもん。みんなにおいしいっていってもらえるようにもっとがんばるって。それで、さんにんでおいしいごはんつくって、いつかパパをびっくりさせようって」

「そっか……」

突如として拓斗の目頭が熱くなる。ふたりの向こうに、付き合っていた頃のふたりの母・玲奈の、ざっくりしたニットにデニムをはいて満面の笑顔を浮かべている姿が見えた気がした。和香がため息をつき、麦茶を一口飲んだ。

「心陽ちゃんと遥平くんが拓斗くんたちのところへ行った日、あるでしょ？　その前日に私、玲奈と再会して心陽ちゃんたちのことを聞かされたの。玲奈、ぜんぶの段取りを組んでから私のところへ来たのよ」

和香に唯一できたのは、双子の性格を聞き出して、どちらが拓斗のところへ行き、どちらが海翔のところへ行くべきかをアドバイスすることだけだったという。

「うん。あいつは、そういうところのある奴だ。和香も海翔もごめんな」と頭を下げた拓斗だったが、双子たちを見て目に涙を浮かべた。「いや、一番謝んなきゃいけないのは、おまえたちにだな。――それと玲奈自身にも」

拓斗がため息と共に涙をこぼす。テーブルの上に透明な液体が落ちて、濡らした。

そんな拓斗の肩を、海翔がぽんぽんと叩く。

「兄さんがいい加減で抜けているのはいまに始まったことではありません」

「そうだな……」

海翔なりに軽口を叩いたが、拓斗は小さく笑っただけだった。そんな拓斗の反応に海翔はやれやれという顔になった。

「ですから、過去は過去として。いま双子たちをどう思っているのですか？」

いまか、と拓斗は心陽と遥平の顔をじっと見つめる。ふたりともやさしい角度に下がった眉で——それはいま思えば玲奈の眉にそっくりだった——拓斗を見上げていた。

「いまは——心陽と遥平に出会えたことを感謝してる」

もちろん、産んでくれた玲奈にも。

すると遥平が椅子から降りて拓斗の横に来ると、ますます眉を下げて言った。

「かくしててごめんなさい。よーちゃんね、さいしょはさびしかったけどいまはぱぱとかいとにいちゃんがいるからだいじょうぶ」

心陽も椅子から飛び降りてやって来た。

「はーちゅんも！　だから——ママがかえってくるまでよろしくおねがいします」

心陽が妙に大人びた口調で言い、大人たちは思わず笑い声を上げた。おかげで張り詰めていた雰囲気が和らぐ。海翔が残っていた鮭のおにぎりを食べた。

「海外では、どうしようもありませんね」

「ははは。この感じじゃ当分帰ってくる気配もないし——心陽たちの面倒、もう少し見ないといけないみたいだな」

拓斗が便箋の表裏を眺めていると、海翔が少し人の悪い笑みになった。

「兄さん、うれしそうですよ」

「そ、そうか？」

「ええ」

と海翔が今度こそからかう顔になる。

「そ、そんなことねぇよ」

「そんなことありますよ」

拓斗は苦い顔になった。はっきり言って図星だった。

ご飯のあと、拓斗のバースデーケーキが用意される。

「たくとまだだよ」

「みちゃダメだよ」

と双子たちが小さな手で拓斗の目を塞ぐ。ライターで火をつける音が何度かして、電気の消える音がした。

こそばゆい時間をたっぷり味わいながら拓斗は待つ。

「もういいよ」と心陽たちが手をどかした。

目を開ければ、揺れるろうそくの炎がデコレーションケーキをオレンジ色に照らしている。真ん中のチョコレートプレートには《おたんじょうびおめでとう パパ》と書かれていた。

心陽たちのリードでハッピーバースデーが歌われる。音程は多少ずれていたけれども、元気いっぱいな歌声がすべてを補ってくれた。

「はっぴばーすでー、パーパー」

ろうそくの小さな炎が揺れている。まだ子供の心陽たちのように頼りなげに。これからも思いがけない日々が来るかもしれない。けれども……自分はこの子たちを守ってあげたい。こんな自分に〝パパ〟と呼ばれる喜びをくれた二人のために、毎年、同じようにろうそくを吹き消していくんだ――。

拓斗は胸いっぱいの想いと共に、ろうそくの炎を一気に吹き消した。

あとがき

みなさま、こんにちは。遠藤遼です。

今回は『新米パパの双子ごはん』をお読みくださり、本当にありがとうございます。

私にしては珍しく（?）、あやかしも神さまも出てこないお話です。そのため、打ち合わせのときに戸惑いがなかったかと言えば、嘘になります（笑）。一体どこから手をつけて、物語はどこへ行けばいいのだろう、と悩みました。

学生時代、私は教育学部にいました。正直なところ、大学時代の勉強のほとんどは忘れてしまったのですが、その頃読んだ本は克明に覚えています。その中に、十八世紀の思想家のルソーが書いた『エミール』という本がありました。これは、ある教師がエミールという男の子を誕生から結婚まで導いていく、物語のスタイルを取った教育学の古典です。けっこう長い本なのですが、要約すれば、「人間が本来、自然に持っているすぐれた輝きを磨き出すこと、引き出すことが教育の使命であって、下手ないじり方をしてはいけない。玉を磨けば光るけど、玉に瑕を入れてはいけない」ということになるでしょうか。ちょうど二十歳前後に読んでいたく感動し、いつかこんなふうな、子供に関する本を書いてみたいなと思ったなと、本作構想中に思い出したのです。もちろん『エミール』には到底、分量的にも内容的にも及ぶべくないのですが、どうやら二十歳の頃の私からの宿題がやっと届いたらしいと腹をくくりました。

保育園など今日的に避けられない要素を取り込みつつ、心陽と遥平という双子のかわいらしさに微笑ましく思っていただけて、そのけなげさに気持ちが少しでも動いていただけたら、本作は書かれた意味があったと思っています。子供は笑顔で、たくさん遊んで、いっぱい食べて、ぐっすり寝て……「子供だけの魂の輝き」を放っていますよね。親はその子供の笑顔で「親にならせていただく」のだと思います。ちょうど主人公たちはそのスタート地点に立ったところです。このあと、心陽や遥平がどう成長して、主人公たちがどんな親になっていくか、私もとても楽しみです。どうか心陽と遥平が、いつまでもいつまでも笑顔で幸せでありますように——。

最後になりましたが、この物語を書籍化していただきましたスターツ出版のみなさま方はじめすべての方々に心より感謝申し上げます。とても素敵なイラストをお描きいただきました細居美恵子様、本当にありがとうございます。

どうか読者のみなさまの心が、笑顔と幸福で満たされますように。

二〇二〇年七月　遠藤 遼

この物語はフィクションです。実在の人物、団体等とは一切関係がありません。

遠藤 遼先生へのファンレターのあて先
〒104-0031　東京都中央区京橋1-3-1　八重洲口大栄ビル7F
スターツ出版(株) 書籍編集部 気付
遠藤 遼先生

新米パパの双子ごはん

2020年7月28日　初版第1刷発行

著　者　　遠藤 遼　©Ryo Endo 2020

発 行 人　　菊地修一
デザイン　　カバー　北國ヤヨイ
　　　　　　フォーマット　西村弘美
D T P　　久保田祐子
編　　集　　森上舞子
発 行 所　　スターツ出版株式会社
　　　　　　〒104-0031
　　　　　　東京都中央区京橋1-3-1　八重洲口大栄ビル7F
　　　　　　出版マーケティンググループ　TEL 03-6202-0386
　　　　　　(ご注文等に関するお問い合わせ)
　　　　　　URL　https://starts-pub.jp/
印 刷 所　　大日本印刷株式会社

Printed in Japan

ISBN　978-4-8137-0943-5　C0193

この１冊が、わたしを変える。

スターツ出版文庫　好評発売中！！

遠藤《えんどう》遼《りょう》／著

定価：本体600円＋税

リストラされて会社を辞めることになった天河彩夢は、傷ついた心を抱えて衝動的に京都へと旅立った。ところが、旅先で出会った自称『神様見習い』蒼井真人の強引な誘いで、彼の働く伏見の平安旅館に連れていかれ、彩夢も「巫女見習い」を命じられることに…!?　この不思議な旅館には、今日も悩みや苦しみを抱えた客が訪れる。そして神様見習いが作るご飯を食べ、自分の「答え」を見つけたら、彼らはここを去るのだ。──涙あり、笑顔あり、胸打つ感動あり。心癒やす人情宿へようこそ！

イラスト／pon-marsh

ISBN978-4-8137-0519-2

スターツ出版文庫　好評発売中!!

『ヘタレな俺はウブなアラサー美女を落としたい』兎山《とやま》もなか・著

念願のバーをオープンさせ、経営も順調なアラサーバーテンダーの絹。ある日の明け方、お店の前でつぶれていたパリピな大学生・純一を介抱したのをきっかけに彼はお店で働くことに。「絹さんって彼氏いるんスか」と聞いて積極的にアプローチしてくる彼に、しばらく恋愛ご無沙汰だった絹は、必死でオトナの女を演じるが…一方、チャラ男を演じていた純一は実はガチで真面目なピュアボーイで、必死で肉食系を演じていた始末…実はウブなふたりの、カクテルよりも甘い恋愛ストーリー。

ISBN978-4-8137-0926-8 ／ 定価：本体610円＋税

『あの夏、夢の終わりで恋をした。』冬野夜空《ふゆのよぞら》・著

妹の死から幸せを遠ざけ、後悔しない選択にこだわってきた透。しかし思わずこぼれた自分らしくない一言で、そんな人生が一変する。「一目惚れ、しました」告白の相手・咲葵との日々は、幸せに満ちていた。妹への罪悪感を抱えつつ、咲葵のおかげで変わっていく透だったが…。「――もしも、この世界にタイムリミットがあるって言ったら、どうする？」真実を知るとき、究極の選択を前に透が出す答えとは…？　後悔を抱える2人の、儚くも美しい、ひと夏の恋――。

ISBN978-4-8137-0927-5 ／ 定価：本体590円＋税

『熱海温泉 つくも神様のお宿で花嫁修業いたします』小春《こはる》りん・著

仕事も恋も家も失い、熱海に傷心旅行に来た花は、一軒の宿に迷い込んでしまう。モフモフのしゃべる狸が出迎えるそこは、つくも神様が疲れを癒しにやってくる温泉宿だった！なりゆきで泊まったものの宿代が払えず、借金返済のために仲居をすることになった花。しかも、意地悪なイケメン若旦那・八雲の花嫁候補にまで任命されて…⁉どん底女子が、個性豊かな神様たちと出会い成長していく、心温まる物語。「スターツ出版キャラクター小説大賞」大賞受賞作。

ISBN978-4-8137-0928-2 ／ 定価：本体660円＋税

『神様の教育係始めました～冴えない彼の花嫁候補～』朝比奈希夜《あさひなきよ》・著

飲料メーカーの営業をしているあやめは、ヘタレな後輩・十文字君とコンビを組んでいる。まともに営業もできない気弱な彼を育てるために奮闘する日々。加えて実はあやめは、あやかしが見える体質で、なぜか最近あやかしたちに攻撃されるようになり悩んでいた。そんなある日、あやかしに襲われていたところを、銀髪で和装姿の超絶イケメンに助けられる。「俺の嫁になれ」「よ、嫁⁉」動揺しつつも、落ち着いてよく見ると、その彼は十文字君にどこか似ていて…？

ISBN978-4-8137-0929-9 ／ 定価：本体630円＋税